JN067357

REKI KAWAHARA abec bee-pee

SWORD ART ONLINE

unital ring

「アリス、五秒頼む!」

§キリト
《SAO》をクリアに導き、
《アンダーワールド》に平和をもたらした少年。
《ユナイタル・リング》では《上質な鉄の長剣》
を振るう。

§アリス
《アンダーワールド》の整合騎士にして、世
界初の真正汎用人工知能。
《ユナイタル・リング》での武器は、バスター
ドソード。

「十秒支えてみせます!」

「キー坊、逃げるゾ!」
「何だ? 魔法陣……?」
§アルゴ
《SAO》のβテスターにして腕利きの情報屋。通称《鼠のアルゴ》。現実世界でキリトたちが通う《帰還者学校》に途中編入してくる。

「…………」
§ムタシーナ
《ユナイタル・リング》攻略を目指すチームの一つ、《仮想研究会》のリーダー。
「お前……何のつもりだよ!?」

「…………ユー……」

「僕……ではなく私は、
整合機士団長エオライン・ハーレンツ。
よろしく、キリト君」

§エオライン

《アンダーワールド》全軍の頂点に立つ、
《整合機士》の長。
その覆面は、ソルスの光から肌を守るための
のもの、らしいが……。

RUIS NA RÍG

ラスナリオ全体図

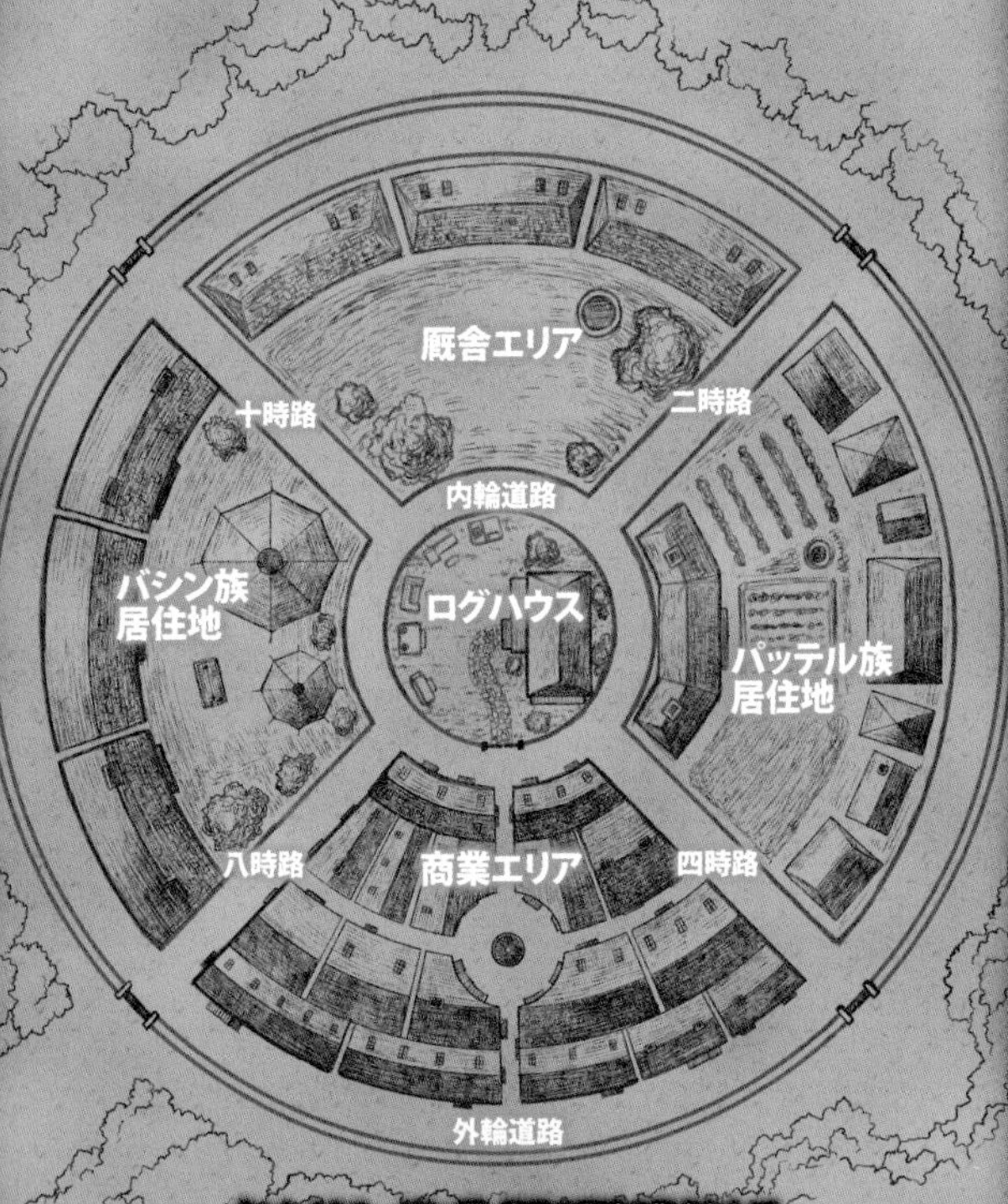

《ユナイタル・リング》世界の冒険の拠点として、
キリトと仲間たちが作り上げた小さな町。通称《キリトタウン》。
キリトとアスナのログハウスを中心に、
直径六十メートル程度の円形の壁を築き、
その内部を東西南北の四つのエリアに分割している。

イラスト／川原 礫

「これは、ゲームであっても
遊びではない」

──『ソードアート・オンライン』プログラマー・茅場晶彦

SWORD ART ONLINE
unital ring

REKI KAWAHARA

abec

bee-pee

1

「オレっちのことはもう知ってるはずだゾ。ようやく会えたナ、クリスハイトさん」

《鼠》のアルゴが不敵な笑みとともに発したその台詞を聞いた途端、俺と菊岡誠二郎は揃ってぽかんと口を開けた。

クリスハイトというのは、菊岡がアルヴヘイム・オンラインで使用しているキャラクターの名前だ。《クリス》は菊の英名クリサンセマムの略、《ハイト》は丘陵つまり岡のことらしい。種族は水妖精族、役職は魔術師。膨大なスペルワードを完璧に暗記していてボス戦などではなかなか頼りになるが、ログイン頻度がかなり低いので、名前を知っているALOプレイヤーは少ないはずだ。

そのクリスハイトと、ALOで活動していないはずのアルゴの接点は何なのか。いやいや、それ以前に、アルゴはなぜクリスハイトの中身が菊岡だと知っているのか。そしてどこから、俺が銀座の喫茶店で会う相手がその菊岡であることを嗅ぎ付けたのか——。

疑問の大波に翻弄されながら、二人の顔を交互に見やっていると。

「……そうか、君はあの時の……」

ようやく驚きから立ち直ったらしい菊岡が、囁くように言った。

「——どの時だよ！」

脳内で叫ぶが、アルゴも菊岡もオーラ的なものをせめぎ合わせていて説明してくれる気配ではない。だったらいいよ、俺はケーキ食うから……と半ば拗ねつつメニューをめくり、十秒で注文を決める。

するとテレパシーを使ったかの如きタイミングでウェイターがテーブル脇に現れ、言った。

「ご注文はお決まりでしょうか？」

「マロンソースのチーズケーキとカプチーノをホットで」

ケーキが千九百円、コーヒーが千二百円という震えがくる値段だがかろうじてつっかえずに注文を終えると、俺はメニューを隣のアルゴに回した。

「この優しいお兄さんの奢りだから何でも頼めよ」

「何だヨ、キー坊が奢ってくれるんじゃないのカ？」

などと文句を言いながらもアルゴはメニューをぱらぱらめくり、値段におののく様子もなく「今月のおすすめケーキと、ホットのロイヤルミルクティー下さイ」と告げた。ウェイターが「かしこまりました」と言い残して去ると、俺はメニューを回収し、不作法と知りつつアルゴの注文総額を確かめた。ケーキと紅茶で合計三千五百円、俺の注文と合わせて六千六百円……勝手についてきたにせよアルゴを同行させたのは俺なので、これは相当な厄介ごとを持ち出されても嫌だと言えなくなってしまったぞ、と覚悟していると——。

「……まあ、アルゴ君にはいずれまたコンタクトする必要があったわけだが……」

そんなことを呟いた菊岡が、自分の前に置かれた洋梨のパフェを細長いスプーンで掬い、口に運んだ。ここでとうとう俺は我慢できなくなり、どちらにともなく訊ねた。

「で、二人はどういう知り合いなんだ？」

「クライアントとインベスティゲーターだヨ」

と答えたのはアルゴだ。クライアントが依頼者でインベスティゲーターが調査員……と脳内で和訳しながら、質問を追加する。

「どっちがどっち？」

「決まってるだロ。このオニーサンがクライアントサ」

それを聞き、俺は視線を再び菊岡に向ける。

「……あんた、いったい何を依頼したんだ？」

「それは、ほら、公務員には守秘義務というものがあってね……」

「あんたはなんちゃって公務員だろ」

「ひどいなあ。……まあ、キリト君に隠すようなことでもないんだけどね」

そう前置きすると、菊岡は音量を限界まで下げて囁いた。

「カムラ社、知ってるだろう？」

「カムラ……オーグマーのメーカーの？」

「そう。あの会社がとあるVRMMOワールドで何やら怪しげなことをしてるっていう情報があって、彼女に調査を依頼したんだ」

「怪しげなって……またオーディナル・スケール事件みたいなことが起きるんじゃないだろうな」

顔をしかめる俺を安心させようとするかのように、菊岡が両手を持ち上げる。

「そんな危ない案件ならアルゴ君に頼んだりしないよ。そもそも依頼したのはOS事件の前だ。どう見ても利益が出ていない……それどころか確実に赤字のゲームを立ち上げて、ろくに宣伝もしてないっていう、それだけの話さ」

「ふうん……」

「アルゴ君のリポートからも、犯罪に繋がるような情報は読み取れなかったしね。噂どおり、いい仕事をしてくれたよ……まさか、こうやって僕のリアルまで割り出されるとは思わなかったけどね」

「ギャラを踏み倒したりしたのか？」

「とんでもない、提示された料金はしっかり払ったよ。ただ……オマケで要求されたものを、まだ提供できていなくて」

軽く肩をすくめる菊岡に、アルゴが不満そうな声を投げた。

「オレっちとしては、アンタの言うオマケのほうがギャラの本体のつもりだったんダ。しびれを切らして、こうしてリアルまで取り立てに来たんだヨ」

「それは申し訳ない。だが、どうやってクリスハイトが僕だと突き止めたんだい？　君とは、半年前にALOで一度会っただけなのに」

半年前……というと二〇二六年三月下旬か。カムラ社からオーグマーが発売されたのが四月なので、その直前ということになる。ARデバイスを大々的に売り出した会社がこっそり運営していたVRゲームとは、いったいどんな代物なのか。

口を挟みたいのを懸命に我慢していると、アルゴが卓上で組み合わせていた両手をひらりと左右に開いた。

「別に、アンタのリアルネームまで突き止めたわけじゃないサ。ALO内でちょっと調べたら、クリスハイトがキリトのツレだってことはすぐ解ったからナ。んで、今日キー坊が午後の授業をサボる理由を『怪しいおっさんに呼び出されたから』って言ってたんで、ピンと来たのサ」

それを聞いた途端、俺は呆れ声で言ってしまった。

「お……おいおいアルゴ、そりゃいくらなんでも勘が良すぎだろ」

同時に菊岡も不本意そうな声を出す。

「怪しいおっさんは酷いなあ。自分では真面目なお兄さんのつもりなのに」

するとアルゴはまず俺を見て「オレっちは勘の良さだけでSAOを生き延びたんだゾ？」と

嘯き、次に菊岡を見て「アンタの印象は怪しいおっさん以外の何ものでもなかったゾ？」と断言した。

前半は謙遜が過ぎるというものだろうが、後半は確かに否定できないな……というつれない感想を口に出す前に、俺とアルゴの注文したケーキが運ばれてきた。

しっかり焼き色のついたベイクドチーズケーキの上で薄茶色のマロンソースがしっとり輝く光景を見せられては、さほど甘党でもない俺も会話を中断せざるを得ず、フォークを手に取るとケーキを一切れ口に運んだ。滑らかな舌触りと濃厚な味わいを堪能してから、カプチーノの苦みで舌をリセットする。

アルゴが頼んだ今月のおすすめケーキは林檎のミルフィーユで、そっちもうまそうだな……と思いながら食べ進めていると、双方のケーキが半減したタイミングで隣から皿が押しやられてきた。

「キー坊、取っ替えっこしようゼ」

「……拒否する理由はないな」

一瞬迷ったもののそう答え、チーズケーキを左に滑らせる。逡巡した理由は、向かいで菊岡が何やらニヤニヤしているからだ。あとで、アルゴとは戦友以上の関係ではないと念を押しておかねば……と考えつつミルフィーユを味見する。さくさく軽くて香ばしいパイ生地の間に、果実感の残るリンゴのプリザーブと甘さ控えめなカスタードクリームがたっぷり詰め込まれて

いて、こちらも大いに結構な味だ。飲み物を含めて六千六百円という値段も納得……できるかどうかはまた別の話だが。

餓えた高校生二人がたちまち皿を空にするのと同時に、菊岡もパフェを食べ終えた。

「いやあ、やっぱりこの店のスイーツは総合的満足度が高いね。太平洋に浮かんでいるあいだに、何度か夢に見たよ」

菊岡の言う太平洋とは、伊豆諸島沖に停泊していたオーシャン・タートルのことだ。確かに高級スイーツは食べられなかっただろうが、船内レストランの料理はなかなかの味だったとアスナが言っていた。残念ながら俺はずっと昏睡していて試す機会がなかったのだが。

そんな俺の感慨に気付いているのかいないのか、菊岡はにこにこしながら続けた。

「ただ、不思議と夢の中ではいつもキリト君と一緒だったんだよね。君とこの店に来たことは、たった二回しかなかったのに」

「……その話、どうコメントすればいいんだよ」

とりあえずそう返すと、「そのコメントで充分だよ」となどと煙に巻くようなことを言い、菊岡はコーヒーを飲み干した。左手首のダイバーズウォッチを一瞥し、表情を改める。

「それで、だ。本題に入る前に確認しておきたいんだが……そちらのアルゴ君は、今後キリト軍団の一員に加わるということでいいのかな？」

「お……おい、そんな軍団作った覚えはないぞ！」

「だったらキリトチームでもキリトと愉快な仲間たちでもいいけどさ、ともかく彼女も一朝事あらば一緒に戦ってくれるわけだね？」

「……どうなの？」

質問を隣に中継すると、アルゴは華奢な肩をひょいと上下させた。

「ンー、まあ、とりあえずユナイタル・リングじゃあキー坊軍団に合流するつもりだけどナ。それ以外のVRワールドは個別に検討……だナ」

「それ以外って言っても、軒並みユナリンに統合されちゃったろ？」

「ザ・シード連結体に入ってないVRワールドだってあるだロ」

にやりと笑いながらそう言うと、アルゴは菊岡を見た。

「なあ、クリスハイトさん。アンタがキー坊を呼び出したのも、連結体に繋がってない世界の話をするためなんじゃないカ？」

「え……そうなのか？」

慌てて俺も菊岡を見る。いまのいままで、今日の本題はユナイタル・リング事件のことだとばかり思っていたのだが――いや、待て。よくよく考えてみれば、アリスが『二十九日十五時、高いケーキの店』というメッセージを持ってきたのは新生アインクラッドが落下する前だったはずだ。つまり菊岡が俺とコンタクトを取ろうとした時点では、事件はまだ起きていなかったことになる。

俺とアルゴに凝視された菊岡は、指先で黒縁眼鏡のブリッジを押し上げながら「確かにそのとおりだ」と囁いた。

「今日、キリト君に相談……というか依頼したい案件は、ユナイタル・リング事件とは直接の関係はないよ。時間もないので単刀直入に言うが……キリト君、もう一度アンダーワールドにダイブしてくれないか」

「…………」

すぐには反応できず、俺は菊岡の顔をまじまじと凝視した。だが、南向きの窓から差し込む冬日が眼鏡のレンズに反射して表情を読み取れない。掌がじわりと熱くなるのを感じながら、掠れ声で問い返す。

「それは……俺としても望むところだけど、なんでわざわざあんたが直接言いに来るんだ？　凛子さん経由で伝えればいいじゃないか」

「実は、神代博士はもう一度キリト君を巻き込むことに反対でね。どうしてもと言うのなら、直接会って事情を丁寧に説明しなさいと言われてしまったのさ」

「あー……」

そういうことならいちおう納得できる。実際、神代凛子博士はこの一ヶ月というもの、俺が何度「またアンダーワールドに行きたい」と頼んでも「状況評価中」の一点張りだったのだ。もちろん意地悪をしているわけではなく、俺の安全を最優先に考えてくれているのだろうが、ラース六本木分室のＳＴＬからダイブするなら生身の体に危険が及ぶことなどないはずだし、アンダーワールドの内部では……驕慢な言い草になるが、正直いまの俺を脅かすものが存在するとは思えない。

「……なるほどね。それで、あんたが俺をダイブさせたい事情って何なんだ？」

すると菊岡は、ちらりと周囲に視線を走らせた。平日の昼下がりだからか客の入りはさほどでもなく、周囲のテーブルは全て空いている。まさか盗み聞きされているはずもなかろうが、菊岡はいっそう声をひそめて囁いた。

「アンダーワールドに何者かが侵入したようだ」

「………！」

一瞬両目を見開いてから、同じくひそひそ声で問い詰める。

「侵入って……どういうことだよ⁉　誰が⁉　いつから⁉」

「まあ、待ってくれ」

軽く両手を持ち上げると、菊岡はアルゴに目を向けた。

「……アルゴ君は、アンダーワールドについてはどこまで知っているのかな？」

「情報屋としては不甲斐ないガ、大手マスコミが報道してる内容どまりだナ」

「つまり、アンダーワールドがオーシャン・タートル内に存在することと、オーシャン・タートルが八丈島沖で封鎖されていることは知っているわけだね」

「その封鎖ってのが、具体的にどういう状態なのかはいまいち解らんけどナ」

「文字どおりだよ。海自の護衛艦と海保の巡視船が二十四時間張り付いてて誰も近付けない。封鎖を突破して強引に乗船しようとしたマスコミのボートが、巡視船の機銃で警告射撃されていっとき騒ぎになっただろう？」

「そんなニュースもあったナ。まあ、だいたい解ったヨ」

アルゴが頷くと、菊岡は俺に視線を戻した。

「さっき侵入と言ったが、もちろん現実世界のオーシャン・タートルに何者かが忍び込んだという話じゃないよ。仮想世界アンダーワールドに、一週間前、ラースの関係者ではない誰かがダイブした形跡があるんだ」

「ダイブ……」

小声で繰り返す。

《ニーモニック・ビジュアル》という特殊なデータ形式で構築されたアンダーワールドには、ラース六本木分室とオーシャン・タートルにのみ設置されているソウル・トランスレーターを使わないとダイブできない……とラースでバイトしていた頃の俺は考えていたのだが、実際はその限りではない。

アンダーワールドは、現実世界と同等のリアリティを持つニーモニック・ビジュアル版と、ザ・シード・プログラムを用いて作られたポリゴン版が重なって存在しているのだ。高精細な世界を体験するにはＳＴＬを使うしかないが、ＳＡＯやＡＬＯと同レベルのポリゴン版ならばアミュスフィアでもダイブできる。実際、アンダーワールドで勃発した《異界戦争》の終盤では、日本やアメリカ、韓国、中国から何万人ものＶＲＭＭＯプレイヤーがダイブし、激闘を繰り広げた。つまり、アンダーワールドに入るだけならアミュスフィア一台あればこと足りる

——のだが。

「……でも、入り口は？　いまアンダーワールドにダイブするには、俺……じゃなくてアリス宛にＩＰが送られてきたアイスランドのサーバーを経由するしかないんだろう？」

「うん、ラースが使っていた衛星回線は政府の判断で遮断されてるからね。つまり、普通に考えれば侵入者も同じ経路を使っているということになるが……」

「…………」

ミルフィーユの破片が残る皿を睨みながら、懸命に頭を回転させる。

アンダーワールドへと繋がるＩＰアドレスを送ってきたのは、茅場晶彦のデジタルゴーストではないかと俺は推測していた。人型マシンボディ《ニエモン》の中に潜み、アリシゼーション計画を観察していた彼は、暴走しかけた原子炉の格納室に突入してオーシャン・タートルを水蒸気爆発の危機から救ったのだが、破壊されたはずのニエモンはオイル痕だけを残して消えたらしい。茅場が、ニエモン最後の仕事として何らかの通信デバイスをオーシャン・タートルに設置したのだとすれば、問題の侵入者は俺たちと同じく茅場からサーバーのアドレスを教

えられたのか――あるいは茅場本人なのかのどちらかだ。

「……菊岡さん、あんたたちはどうやってアンダーワールドに何者かがダイブしていることを知ったんだ？ 六本木からはリアルタイムモニタリングは不可能だろう？」

俺がそう訊ねると、菊岡は難しい顔で頷いた。

「確かにそうだ。だが幸い、例のサーバー経由でオーシャン・タートルにあるゲートウェイ・サーバーのログだけはどうにか確認できてね……そこに外部からの接続が記録されていたというわけさ」

「……外部って……？」

「ザ・シード連結体の日本ノード。つまり何者かが、アンダーワールドに自分のキャラクターをコンバートさせたということだ」

三十分後。

税込み一万円を超える支払いをいまどき現金で済ませた菊岡は、「ではまた今夜連絡するよ」と言い残して銀座の雑踏に消えていった。

スーツの背中が見えなくなっても、俺はしばらく歩道の隅から動けなかった。考えることがありすぎて、少しでも頭を傾けたら情報が溢れ出てしまいそうだ。

現在進行中のユナイタル・リング事件。

一週間前に発生したアンダーワールドへの侵入事件。

そして菊岡とアルゴが接触する契機になったという、カムラ社の怪しげな活動――。

ちらりと隣を見ると、アルゴはパーカーのポケットに両手を突っ込み、首をこきこき動かしていた。

「いやー、ケーキはうまかったケド、ああいう店は肩が凝るナー」

「……そこは賛同する」

思わずそう呟いてから、一歩近付いて問い詰める。

「いや、そもそも、お前は何しに来たんだよ？　ギャラの本体とやらも結局もらってなかったじゃないか」

「まあ、すぐ用意できるモンでもないし、オレっちも急いでるワケじゃないからナ」

「……何を要求したんだ？」

「ンー……ま、これはタダで教えてやるカ。とあるＳＡＯサバイバーのリアル情報サ」

「ＳＡＯサバイバー……？　え、お前、依頼を受けた段階で菊岡……クリスハイトがそういう立場の人間だって解ったのか？」

「総務省仮想課の関係者だって名乗ったからナ」

「あー、なるほどね……。で……そのＳＡＯサバイバーって、俺も知ってる奴……？」

一瞬迷ってからそう訊ねると、アルゴは片頬に薄い笑みを浮かべて答えた。

「そこまでは教えられないナ。まあ……個人的事情ってやつだヨ」

「そうか……」

もちろんアルゴも、あの世界に囚われていた二年のあいだに色々なことがあったのだろう。それを詮索しようとは思わない。深く息を吐いて切り替え、視線を持ち上げる。いつの間にか濃い灰色の雲が夕空を半分ほども覆っていて、文字どおりの怪しい雲行きだ。

俺の視線を辿ったアルゴが、情報屋らしいセリフを口にした。

「都心は十八時から降水確率七十パーセントだったゾ」

「え、マジか……川越は？」

反射的にそう訊き返すと、呆れ声が返ってくる。

「それくらい自分で調べろヨ……と言いたいとこだケド、オネーサンは優しいからタダで調べてやるヨ」

ポケットから携帯端末を引っ張り出し、素早く叩いたアルゴがニヤリと笑う。

「残念だナ、川越市は十八時から八十パーセントだ」

「……どーも」

メッセンジャーバッグのサイドポケットには小型の折りたたみ傘が入っているが、自転車で傘さし運転するわけにはいかないので、川越に着いた時点で本降りになっていたら自宅までの二キロメートルを歩くはめになる。レインウェアを着込めば自転車で強行突破することも可能なのだが、夜の雨中走行は危ないからやめて！　と母さんと直葉とアスナとユイに言われてしまった。

彼女たちにはいままで何度となく心配をかけてきたので、それくらいは受け入れねばならない。

いますぐ地下鉄に飛び乗れば雨が降り始める前に本川越駅に着けるかもしれないが、俺にはもう一つ重要なミッションが残されている。二キロ歩く覚悟を決め、そんじゃ俺はここで、と言おうとして思い直す。

「……えーと、アルゴさん、もう一つだけ教えてほしいことが……」

そう切り出すと、情報屋は唇をへの字に曲げた。

「そろそろ本当に金を取るゾ」

「取ってもいいからさ」

「……なんだヨ？」

「その……たとえばの話、お前だったらアスナの誕生日に何をプレゼントする？」

途端、アルゴはかくんと口を開け、次いで長々とため息をついた。

「…………あのなぁキー坊、それ全くたとえ話になってないだロ。アーちゃんの誕生日は明日じゃないカ。まだプレゼント用意してなかったのカ？」

「あれ……アスナの誕生日が九月三十日だって知ってたの？」

「オイラだって、アーちゃんとは長い付き合いなんだゾ。リアルでは今日が初対面だけどナ」

「ああ……うん、そうだよな……」

俺とアスナはアインクラッドの中で結婚までしたが、互いのリアルに関連する話はほとんどしなかった。年齢や本名でさえ、浮遊城が崩壊するその時になってようやく明かしたくらいだ。しかしアルゴはさすがと言うべきか、俺の知らないところでアスナから誕生日を聞き出していたのだろう。

「……じゃあ、たとえ話じゃなくて、アスナはどんなものを喜ぶかな……？」

改めて問うと、アルゴは右手を持ち上げ、俺の二の腕を小突いた。

「キー坊、何を贈るのか自分で一生懸命考えることも含めてプレゼントなんだゾ。だいたい、アーちゃんのことならオレっちよりオマエのほうが詳しいだロ」

「それは解ってるよ、ユイにもそう言われたし……解ってるんだけどさ……」

ふうっと息を吐き、どんどん雲に覆われていく空をもう一度見上げる。もういつ降ってきてもおかしくない色合いだ。

「……最近、時々思うんだよな……俺が知ってるのは仮想世界のアスナばっかりで、リアルのアスナのことはろくに知らないんじゃないか、ってさ。いや……アスナだけじゃないな。リズもシリカも、シノンもエギルもクラインも……妹のリーファでさえ、仮想世界を通してでしか向き合えてないのかも……」

半ば独りごちるようにそこまで口にしてから、俺は照れ隠しの笑みを浮かべた。

「二年振りに再会したばっかりなのに、こんなこと言われても困るよな。アスナのプレゼントは自分で考えるよ。引き止めて悪かったな……いまから神奈川まで帰るのか？」

「さすがに神奈川の左下から西東京市まで毎日通うのは無理だヨ。学校の近くにアパート借りたんダ」

そう答えると、アルゴは軽く咳払いした。

「まあ、オレっちも人付き合いに関してどうこう言えるようなモンじゃないけどナ……クッソ高いケーキのお返しに、一つアドバイスしてやるヨ」

「……タダで？」

「タダで。いいカ、キー坊、オマエは考えすぎダ。リアルだろうとバーチャルだろうと、人間の中身は一緒だロ？　そこを切り分ける意味なんかこれっぽっちもないゾ」

「…………」

「なんだヨ、その顔」

「いや……アルゴさん、本当に年上だったんだなと思って……」

「昔からオネーサンだって言ってるだロ！」

再び俺の肩口を小突くと、アルゴはぴょんと一歩下がった。

「もいっこオマケしとくヨ。無理して銀座でお高いブランド品なんか買っても、アーちゃんは喜ばないと思うゾ」

そう言い切ると、ひらりと手を振り——。

「じゃあ、今夜ナ！」

カーキイエローのパーカーを翻して、アルゴもまた人混みの中に消えていった。

まさしく《無理して銀座でブランド品を》買おうとしていた俺は、背中をビルの壁に預け、ふうっと息を吐いた。目を閉じ、周囲の騒音をシャットアウトして、出会ってから今日までのアスナの姿を脳裏に思い浮かべる。

アインクラッド一層迷宮区タワーの奥深くで、ぼろぼろに消耗しながらも流星のように速く美しいソードスキルでモンスターを狩り続けていたアスナ。ギルド血盟騎士団の副団長として、フロアボス攻略戦を毅然と指揮するアスナ。二十二層の森の家で、揺り椅子にもたれて微睡むアスナ。所沢の病院のベッドで、外したばかりのナーヴギアを抱えて俺を待っていたアスナ。アルヴヘイムに実装された新生アインクラッドで、《絶剣》ユウキとデュエルするアスナ。アンダーワールドにスーパーアカウントでダイブし、人界軍を守るために戦い抜いたアスナ。そして、帰還者学校の秘密の庭で、俺の肩に寄りかかるアスナ——。

思えば、出会ってから四年弱ものあいだ、アスナはいつもすぐそばで俺を支えてくれたのだ。俺がアスナに与えたものより、与えられたもののほうが遥かに大きいことは疑いようもない。なのに、ちゃんと口に出して感謝の気持ちを伝えたことが、果たして何度あっただろうか……。

「まったく……」

自分の至らなさを再認識し、もう一度ため息をつく。プレゼントに何を贈るにせよ、その時は気持ちをしっかり言葉にしようと自分に誓いながら、俺は地下鉄の駅へと歩き始めた。

2

池袋で買い物をすませ、東武東上線の急行に飛び乗って三十二分。川越駅西口ロータリーの路面はまだ濡れていなかった。天気アプリでも降り始めるまでに十分ほどの余裕はありそうだ。慌てて市営駐輪場まで走り、愛車を引っ張り出して跨がる。

駅から自宅までは、いわゆる小江戸エリアこと川越一番街を抜けるルートが最短だ。昔から交通量は多いが、五、六年前に行われた拡幅工事で自転車レーンが整備されて走りやすくなった。南から迫る雨雲に追い立てられつつ必死にペダルを踏み、小江戸エリアを抜けた先で右折。大きな神社の近くにある我が家に帰り着くと同時に、かなりの勢いで水滴が落ちてきた。急いでMTBを軒下に退避させ、防水素材のバッグで雨を防ぎながら玄関に飛び込む。すると、ただいまを言うより早く――。

「お帰り！　遅いよお兄ちゃん！」

上がり框で待ち構えていたジャージ姿の直葉がそう叫んだ。

「仕方ないだろ、通学時間、お前の倍も……」

そこまで言い返して、首を傾げる。

「あれ……昨日もこんな会話しなかったっけ？」

「したよ」

俺の既視感を直葉があっさり肯定する。同じ一日をループしているわけではなさそうだ……などと益体もないことを考える俺に、直葉が昨日と同じくタオルを差し出してくる。有り難く受け取り、汗と雨粒を拭きながら確認する。

「えーと、これはつまり、今日も速攻でダイブさせられるわけっすね……？」

「決まってるでしょ！　キリトタウンをどうするのか、お兄ちゃんがいなきゃ決められないんだから」

「……待て待て、町をそんな名前にした覚えはないぞ！」

「もうみんなそう呼んでるよ。ほら、部屋までダッシュダッシュ……って、何買ってきたの？高いお菓子？」

直葉が、俺の左手に下がるデパートのロゴ入り手提げ袋に目を留める。いかにも高級スイーツが入っていそうな雰囲気だが、残念ながら中身は違う。

「いや、これは、その……」

という俺の不明瞭な声を聞いた途端、直葉は何やら察したようだった。

「あ、あー、なるほどねー。ていうか……今日買ってきたの⁉　いくらなんでも直前すぎるでしょ‼」

「それだけじっくり考え抜いたんだよ……。ほれ、あっちに行くんだろ。今日は自分の部屋からダイブしろよな」

「はぁーい。台所におにぎりあるからね」

ニカッと笑うと、直葉は小走りに階段を上っていった。キッチンに向かいながら、来年春の直葉の誕生日は、早めにプレゼントを決めておこうと考える俺だった。

楽な格好に着替え、直葉が用意しておいてくれた鮭とタラコのおにぎりを頬張り、トイレをすませてからベッドに横たわってアミュスフィアを被る。

ユナイタル・リング事件が発生してから早くも三日が経つが、数多の謎は解明されるどころか深まるばかりだ。SNSや掲示板サイトでは到底追い切れないほどの考察が飛び交っているものの、いまのところ全て根拠なき想像の域を出ていない……と銀座に向かう道すがらアルゴが言っていた。唯一確かなのは、《極光の指し示す地》に到達できたプレイヤーはまだ存在しない、ということだけだ。

もちろん俺たちもそこを目指しているのだが、一番乗りを達成できる可能性はかなり低い。なぜなら、仲間の大部分は学生や社会人で、平日の朝から夕方まではログインできないからだ。いまはまだ、ALOコンバート組の正式スタート地点である《スティス遺跡》から二十五キロも進んだ場所に家ごと落下したというアドバンテージのおかげで、少なくともALO組の中では最も先行しているはずだが、一週間もしないうちに一日中ダイブできるコアゲーマーたちに追いつかれるだろう。実際、一昨日の夜も昨日の夜もＰＫ集団に襲われているのだ。もし彼らの装備とレベルが俺たちと同等だったら、全滅したのはこちらだったはずだ。

だからと言って、学校をサボるなどという選択肢は有り得ない。いまは学生の本分をできるだけ守りつつ、全力を尽くすだけだ。

部屋の明かりを絞り、瞼を閉じて呟く。

「リンク・スタート」

視界に広がった虹色の放射光が、体をベッドに押しつける重力を消し去り、意識を仮想世界へと飛翔させる。

再び重力が戻るやいなや、俺は両目を見開いた。見慣れたログハウスの天井……そっと安堵の息をつく。学校に行っているあいだに第三の襲撃があるのではないかと心配していたのだが、いまのところ我が家は無事なようだ。もし襲われたら留守番を務めるアリスかユイから連絡が来る手はずになっているし、その時はたとえ授業中だろうと保健室に駆け込み、オーグマーでダイブする決意なれども、できればそんな展開は避けたい。

初日の夜から着っぱなしの金属鎧をがしゃっと鳴らして起き上がり、ログハウスのリビングルームを見回す。今日の早朝にログアウトした時は、ようやく合流できた仲間たちですし詰めだったのだが、いまは誰の姿もない。少なくともリーファは、俺とほぼ同時にダイブしたはずなのだが。

「……おーい、スグ……じゃなくてリーファ、いないのかー？」

そう声を上げながら玄関に向かい、分厚い扉を開ける。

直径十五メートル、面積にして約百八十平方メートルに及ぶ円形の庭は高い石壁に囲まれ、壁沿いには幾つもの大型生産設備が並ぶ。だが内部は完全な無人で、ユイとアリスだけでなく、頼もしい三匹の守護獣たるナガハシオオアガマのアガー、セルリヤミヒョウのクロ、トゲバリホラアナグマのミーシャまでもが見当たらない。

にわかに不安な気持ちになり、俺は再び呼びかけた。

「おぉーい、誰かー……」

だが声は真っ赤な夕空に空しく吸い込まれていくばかり。今朝のログアウト前に仲間全員が相互フレンド登録したので、リングメニューを開けば誰にでもメッセージを送れるはずだが、もしリストが空になっていたらどうしよう……などと子供っぽい不安にとらわれ、右手を動かす気になれない。

ポーチから地面に下り、前庭を斜めに横切って南側の門へ。昨夜の襲撃時、アスナとアリスとシリカが命がけで死守してくれた木製の扉をそっと押し開ける。

昨日までは、ログハウスの外には深い森が広がっていたのだが、その光景は一変している。襲撃者たちが木々を燃やしてしまったのを逆に利用し、メンバー総出で家を建てまくったのだ。直葉がキリトタウンなどという改名不可避な名前で呼んでいた《町》の直径は六十メートル。

X字の道路で東西南北に四分割されていて、眼前に広がる南エリアは商業地域になる予定だが、現在はまだ一軒も営業を始めていないのでゴーストタウンめいた印象を抱いてしまう。ログハウスを囲む円形の道路、仮称《内輪》にも、そこから南東と南西に分岐する仮称《四時路》と《八時路》にも、人の姿はない。

もう一度、フルボリュームで呼びかけようと空気を胸いっぱいに吸い込んだ——その時。

かすかに子供の笑い声のようなものが聞こえた気がして、俺は息を止めた。

背中にぞくりと悪寒が走る。この町に子供などいるはずがない。ならば……幽霊？ がらんどうの町が、ゴースト系のモンスターを呼び込んでしまったのか？

そっと息を吐きながら耳を澄ませる。再び、きゃっきゃっという甲高い笑い声が聴覚に届く。気のせいではない。声は東から聞こえてくるようだ。

リングメニューを出し、左腰に《上質な鉄の長剣》を装備してから、ログハウスを囲む石壁に沿って東に歩く。すぐに、右斜め前方に大きな木造の建物が見えてくる。

東エリアは、昨夜シノンと一緒にここまでついてきたネズミ人間型NPC、パッテル族たちの居住地になっている。扇形のエリアの頂点部分には、いま俺が見ている集会場が建てられ、中央は畑を兼ねた広場、外周部にはこぢんまりした住居が並ぶ。

また、子供のはしゃぎ声が聞こえた。集会場の中……ではなくその向こう側の広場からか。ゴースト系モンスターの襲来で、二十人もいたはずのパッテル族が全滅してしまったのかもという最悪の想像を巡らせながら、俺はそっと南東の四時路に踏み込んだ。まだ未舗装なので、鉄の装甲つきブーツでも足音はあまり響かない。集会場の壁に沿って慎重に進み、広場をそっと覗き込む。

「…………へ？」

という間の抜けた声が、俺の口から漏れた。

切り分けたバウムクーヘンのような形の広場は、今朝の時点では単なる裸地だったのだが、早くも北半分に畑が作られ、数人のパッテル族がトウモロコシに似た作物の世話をしている。そしてまだ空いている南半分には、リーファとシリカ、アリス、アスナ、ユイが並んで立ち、巨大な四足獣――トゲバリホラアナグマのミーシャを見守っている。いや、彼女たちが笑顔で眺めているのは、ミーシャの背中に跨がる五人の幼いパッテル族だ。

大人と比べて鼻が短く耳も小さい子供たちは、ミーシャがのそのそ歩くたびにけたたましいはしゃぎ声を上げている。人間で言えば一歳児ほどの大きさしかない彼らは、体長三メートルを超えるミーシャがその気になれば一口で丸呑みできてしまいそうで……いやいや、それ以前に。

「……おい、あの子供たち……」

そっとリーファに近付き、そう囁きかけると、妹はさっと振り向いて叫んだ。

「あっ、やっと来た！」

すぐにアスナたちも俺に気付き、口々に挨拶してくる。反射的に「うっす」と返してから、改めて訊ねる。

「なあ、あの子ネズミ……じゃなくて子パッテル、どこから来たんだ？　昨日、ギヨル平原の壁ダンジョンを出発した時は大人だけだったよな？」

するとリーファとシリカ、アスナがぎこちなく視線を逸らすなか、アリスが腑に落ちないような顔で言った。

「どうも、昨夜のうちに生まれたようですね」

「う……生まれた⁉」

鸚鵡返しに叫び、再びミーシャの背中を見やる。大騒ぎしている五人の子供は、クマと比べれば豆粒のように小さいが、赤ちゃんという雰囲気でもない。

「……一緒に来たパッテル族の中に妊婦さんがいたのか……？　だとしても、半日で育ちすぎじゃないか？」

すると今度は、ユイがはきはきと説明を口にする。

「パパ、私は今日ずっとパッテル族さんたちと一緒にいましたが、あの子たちは午前九時頃、いっせいに出現したのです。パッテル族さんたちはそうなることが解っていたようで、事前に人数分の寝床を用意していました。出現時は五人ともこれくらいの……」

そこでユイは両手をメロンくらいの大きさに広げ——。

「小さな赤ちゃんだったのですが、九時間であそこまで成長しました。いまはもう、片言ですが喋りますよ」

「……えええー……」

と呟くしかない。一夜にして五人の赤ん坊が生まれ、半日であそこまで育つとなると、一週間後にはこの町はパッテル族でいっぱいになってしまうのではないか。

　という俺の戦慄を察知したのか、ユイが解説を再開した。

「これは限定的なデータからの推測ですが、ユナイタル・リング世界のＮＰＣは居住地の面積や環境に合わせて人数が増減するのだと思います。パパたちが建てたパッテル族さんのお家のキャパシティが二十人ぶんを超えていたので、適正な人数になるよう赤ちゃんが生まれたのではないでしょうか？」

「そっか……そういうことだったのね」

　と応じたのはアスナだ。

「わたしもログインしたら子供がいてびっくりして、ユイちゃんに今朝生まれたって言われてもっとびっくりしたんだけど、いくらユナイタル・リングが超ハイスペックな仮想世界でも、その……生殖の仕組みまで再現してるわけないものね」

　途端、アリスが真面目な顔で──。

「アンダーワールドは、リアルワールドとほぼ同じ仕組みでしたよ」

これには、アスナもシリカもリーファもコメントできないようだ。やむなく俺が火中の栗を拾いに行く。

「そ、そりゃまあ、アンダーワールドは例外中の例外だからな……」

と、そこまで言ってから例外がもう一つあったことを思い出す。ソードアート・オンライン。あの世界では、設定メニューのとんでもなく深い場所にあるボタンで倫理コードを解除すると、行為そのものは可能だったのだ。もちろん赤ん坊は作れなかった……はずだが、いったい茅場晶彦は何を考えてあんな機能を実装したのか。

ザ・シード・パッケージにはそのような機能は存在しないので、ユナイタル・リングも同じだと思われるが——いや、もしかすると。

「手順は再現してないとしても、これだけ世界観を作り込んでるゲームなんだから、NPCに子供が作れるならプレイヤーでも作れるんじゃ……」

半ば無意識のうちにそう呟いた途端。

「作れるわけ……ないでしょ‼」

リーファが俺の背中をバチコーンと叩き、痛みはないが「いてっ！」と叫んでしまう。

「な、何するんだよ」

「キリト君がおかしなこと言うからだよ！　プレイヤー同士で子供って、その子の中には誰が入るわけ⁉」

「そ、そりゃあ……NPCと同じで、AIが……」

その先を言葉にすることはできなかった。いきなり、銀色のスパークめいた痛みが頭の芯を貫き、立っていられなくなってしまったからだ。

「っ………」

喘ぎながらよろめいた俺の右腕を、アリスが素早く支える。リーファも緑色の瞳を見開き、俺の顔を覗き込む。

「ど、どうしたのお兄ちゃん？」

「いや……大丈夫、ちょっと頭痛がしただけだ」

それを聞いたシリカが、心配そうに言った。

「キリトさん、あんまり寝てませんもんね。今日は早めに落ちますか？」

頭に乗った小竜ピナも「きゅる……」と鳴くので急いで答える。

「や、平気平気。もうなんともないし」

実際、痛みは一瞬で消え去り、いまは頭を強く振っても——仮想世界での動きが生身の脳に影響するはずはないのだが——ちくりともしない。何だったんだ、と訝しく思いながら視線を動かすと、どこか虚ろな表情を浮かべているアスナと目が合った。はしばみ色の瞳はこちらに向けられているのに、俺を通り抜けてずっと遠くを見ているかのような。

「……アスナ？」

小声で呼びかけると、小刻みな瞬きを経て焦点が戻った。

「あ……ごめんなさい、ちょっとぼーっとしちゃった」

「寝不足はみんな同じだもんな。今日は、しんどくなった人は無理せず落ちることにしようか」

「そうね。キリトくんもだよ」

「了解」

と応じたものの、早寝する気はさらさらない。俺の直感では、三日目となる今日の頑張りがこの町の存続を——ひいては仲間たちの生存を左右することになる。

広場の中央を見ると、円を描いて歩き続けるミーシャの背中で、相変わらず子ネズミたちが大はしゃぎしている。半日で赤ちゃんからあそこまで育ったということだが、このまま数日で大人になるのか、それともどこかでブレーキがかかるのか。ともあれ、あの子たちのためにも町はしっかり守り抜かねばならない。

「で……クロとアガーはどこにいるんだ？」

残り二匹のペットの居場所を訊ねると、シリカが南西方向を見ながら答えた。

「リズさんとシノンさんが河原の石運びに借りていきましたよ。ミーシャも使えれば良かったんですが、子供たちにもう終わりとは言えなくて……」

「なるほどね」

どうやらユナイタル・リング世界のペットは、飼い主とフレンド登録しているプレイヤーの命令もある程度受け付けるらしい。

「だったら俺も手伝いに行くかな……」

そう呟くと、アスナ、リーファ、アリスとユイが「私も」と口を揃えた。ミーシャの飼い主であるシリカにこの場を任せ、町の南西ゲートへと移動しようとしたのだが。

内輪に出てほんの数メートル西に歩いたところで、複数の足音が聞こえてきた。八時路から姿を現したのはリズベットとシノン、その後ろにクロとアガー。二匹の背中には、アスナが作ったと思しき荷袋が装着されている。

「お疲れ」

と声を掛けると、リズベットは「おーす」と返してきたが、シノンは何やら考え込むように俯いている。駆け寄ってきたクロの首筋を掻いてやりながら、銃使いに呼びかける。

「シノン、どうかしたのか？」

「え……ああ、ちょっとね……」

立ち止まったシノンは、横に並ぶ俺たちを見回しながら言った。

「このキリトタウン、周りに資源が豊富なのはいいんだけど、それを攻撃する側にも利用されそうだな、って」

「え……どういうことだ？」

「たとえば、大工スキルのメニューに投石機とか破城槌とかがあったら、河原の石と森の木でどっちも作り放題でしょ？　そこまでいかなくても、攻撃側の拠点になるトーチカみたいなものを作ることは現状でも可能なわけだし……」

「トーチカ……」

と繰り返しながら、アスナたちと顔を見合わせる。

俺の拙い理解では、トーチカというのは連射できる大型火器とセットで運用されるものだ。いまシノンが背負っているマスケット銃程度なら、町の壁を破壊されることもないだろうし、弾込めの隙を突いて接近することも……と考えてからはたと気付く。

「そうか、GGOからのコンバート組には、でっかいマシンガンを引き継いだ連中もいるわけか」

「ええ。いまはへカートと同じく重量オーバーで運用できないでしょうけど、いつかは使えるようになるはず。そうなる前に、対策を考えておいたほうがいいわ」

「ふぅ〜む……」

正直、いまはまだリアルな想像はできない。投石機、破城槌もそうだが、町の外に石造りのトーチカが並び、そこから重機関銃が浴びせられる光景は現実感がなさすぎる。

だがきっと、シノンにとってはGGO世界で何度も繰り返してきた戦いの一部なのだろう。

この町にパッテル族が移住し、子供まで生まれたとなれば、簡単に放棄するわけにはいかない。

あらゆる状況を想定し、備えておく責任が俺たちにはある。

「……解った。外の資源を敵に利用させないようにする方法も、みんなで知恵を絞ればきっと見つかるはずだ。でも、今日最初に話し合うことは……」

そこでいったん言葉を切り、俺は皆の顔を順に眺めながら言った。

「町の名前をどうするかだ」

「え、キリトタウンでしょ？」

とシノンが答え、アスナたちが頷こうとするので慌てて両手を突き出す。

「却下却下！　そんな名前にしたら攻められる確率が上がるだろ！」

「へー、狙われてる自覚はあんのね」

リズベットの指摘に即答できずにいると、リーファとアスナがくすくす笑い、アリスが真顔で「お前、ALOや他の世界でいったい何をしてきたのです？」と言った。


いったんログハウスに戻った俺たちは、ようやく子ネズミから解放されたシリカと合流し、リビングルームで車座になった。アスナ自慢の大型テーブルは消えてしまったままなので早く代わりを作ってやりたいが、それには幹の太さが最低一・五メートルはある木を見つけなくてはならない。残念ながら、このあたりに生えているメグリマツや他の樹種は最大でも直径八十センチほどで、十二人がけのテーブルを作るには少々物足りない。

幸い、キッチンに作り付けのかまどは消えなかったしリズベットが鍛冶スキルで鍋を作ってくれたので、お湯を沸かすことはできる。アスナはもうもうと湯気を立てる鍋を運んでくると、そこに黒っぽい粉末を振り入れた。

「……アスナ、それなーに？」

リズベットの質問に、アスナは少し得意げに答える。

「ゆうべリズたちを待ってる間に、森でいろんな植物の葉っぱを摘んできて、鍋で乾煎りしてみたの。そしたらこんなふうに粉になって、製薬スキルを獲得できたんだよ。まあ、煮出して飲み物になったのは半分くらいで、残りは染色剤になっちゃったんだけどね」

「染色剤……」

と繰り返してやっと気付く。俺がギヨル平原に旅立った時はアルヴヘイム時代と同じく水色だったはずのアスナの髪が、いまはアインクラッド時代のような明るい栗色に変わっている。

「……その髪、自分で染めたの？」

「やっと気付いた」

呆れ顔になるアスナに、更なる質問を投げかける。

「他には何色の染色剤があるんだ？」

「えーと、もうちょっと濃い茶色と、あずき色と、暗い灰色かな」

「ふむむ……」

一瞬俺も髪色を変えてみようかと思ったのだが、正直どれもピンと来ない。シリカがアスナとよく似たライトブラウンの髪をいじりながら言う。

「たぶん、派手な色とか、逆に真っ黒な染色剤はレアなんだと思いますよ。キリトさんは変えたらもったいないですよ」

「ふむむむ……」

俺が唸っているあいだに、アスナは人数分の素焼きのコップを床に並べ、鍋の中身を木製のひしゃくで注いでいった。

「お茶も何種類かできたんだけど、いちばん好評だったのがこの葉っぱ」

「あくまで他と比べれば、ですよ」

味見をさせられたのであろうアリスが口を挟むと、隣でシリカもこくこく頷く。

アスナが回してくれたコップの中の液体は、濃い黒紫色に染まっていた。とりあえず匂いを嗅ぐと、お茶と言われればお茶のようで、薬と言われればそんな気もする複雑な香りが嗅覚を刺激する。嫌な予感がしなくもないが、アスナの努力を無下にすることが俺にできようか。

おそるおそる一口啜ると、麦茶に赤紫蘇フレーバーを加えたような風味が広がり、HPバーの右側に葉っぱマークのバフアイコンが点灯した。

「……薬じゃん！」

俺が叫ぶと、アリスとシリカがこくこく首を縦に振った。

バフの効果は気になるが、決して不味くはないのでアスナに感想と礼を言ったりしているとあっという間に夜七時になり、クラインもログインしてきた。エギルは十時頃からの参加ということだが、彼の本業はカフェバーの店主なので仕方がない。

ミーティングが始まるやいなや、俺は真っ先に町の正式名を議題に出したのだが、俺を含め誰も《キリトタウン》を上書きするに足るネーミングを提案できず、宿題ということになってしまった。

次の議題は、パッテル族に続くNPC移住計画だ。第一候補はすでにシリカやリズベット、ユイと友好関係を結んでいて居住地もそこそこ近いバシン族、第二候補はシノンが出会った鳥人間ことオルニト族。現状では最強の遠距離攻撃手段であるマスケット銃を操るオルニト族が移住してきてくれれば心強いが、彼らの町は広大なギヨル平原の彼方にある。シノンの話では、魔法ガエル《ゴライアスラーナ》と戦った大壁の向こう側には強力な恐竜型モンスターが出没するらしく、横断は命がけだし移住の誘いを受け入れてくれる保証はまったくない。となればやはり、まずはバシン族に当たってみるべきだろう。その結論を受けて、交渉役に立候補したのはリズベットだった。ユイとアスナが同行を申し出たので、となると俺もついていきたいのはやまやまだが、このあと別の重要ミッションがある。

第三の議題は、シノンが気にしていた「町周辺の豊富な資源を敵に利用されるのでは問題」で、これもあれこれ意見は出たものの最終的には警戒を厳にするしかないという結論に至った。

防衛ラインの石壁を拡大して内部を舗装し、石や木材を採取できなくしてしまう手もあるが、ラインが広がれば警戒や防衛に必要なマンパワーも飛躍的に増えるし、こちらの素材集めも大変になってしまう。そもそも町を作ったのは他のプレイヤーに攻撃を躊躇わせるためなので、物理的に防御を固めるよりも本物の町へと育てることを優先するべきだろう。そのためにも、情報収集に長けた仲間の加入は必須だ。

会議が終わると、キリトタウン（仮）の留守番はシリカ&ミーシャ、シノン、クライン、アリスに託して、俺はクロとともにアルゴとの待ち合わせ場所であるスティス遺跡へ旅立とうとした——のだが。

南西のゲートを出る寸前、

「キリト、私も一緒に行きます」

という言葉とともに、金属鎧の上にフードつきマントを羽織ったアリスが駆け寄ってきた。ALOアバターから引き継いだ猫耳は、フードに縫い付けられたポケットにすっぽり収納されていてなかなか可愛らしい。

「え……アリスが？　なんで？」

「なんでということはないでしょう。私だってたまには外に出てみたいです」

ふくれっ面でそう答えると、アリスは表情を改め、小声で付け加えた。

「それに、ちょっと話もあるのです」

真剣な顔を見れば話の中身も想像がつくし、となれば無下に拒否はできない。

「……解った。でも、誰かにアリスも行くって伝えておかないと……」

「クラインとシノンに言ってきました。クラインは何やらニヤニヤしていましたが」

「………」

後で変な誤解すんなとメッセージを飛ばしておこう、と考えながら俺は言った。

「じゃあ、まあ、行くか。でもちょっと急ぐぞ」

「問題ありません」

アリスと同時に、クロも低く「がうっ」と唸る。

二人と一匹は、分厚い木製ゲートを少しだけ開けて外に出ると、南の川を目指して走り始めた。

3

九月二十九日午後七時現在、俺と頼もしき仲間たちの大まかなキャラクターデータは以下のようになっている。

キリト：片手剣使い／鍛冶師／大工／石工／木工／調教師　レベル16《剛力》
シノン：銃使い／盗賊／石工　レベル16《俊敏》
アリス：片手半剣使い／陶工／織工／裁縫師　レベル15《剛力》
リーファ：片手半剣使い／木工／陶工　レベル12《剛力》
リズベット：メイス使い／鍛冶師／大工／織工　レベル11《頑強》
シリカ：短剣使い／調教師／織工　レベル10《俊敏》
ユイ：小剣使い／火魔法使い／料理人／織工　レベル10《才知》
アスナ：細剣使い／薬師／料理人／木工／陶工／織工／裁縫師／調教師　レベル9《才知》
クライン：曲刀使い／木工／石工　レベル8《剛力》
エギル：斧使い／木工／石工　レベル8《頑強》

ミーシャ：トゲバリホラアナグマ　レベル6
アガー：ナガハシオオアガマ　レベル5
クロ：セルリヤミヒョウ　レベル5
ピナ：フェザーリドラ　レベル2

クラインとエギルのレベルが低いのは昨日コンバートしたばかりだからだが、ユナイタル・リングの誕生時からログインしているアスナもあまりレベルが上がっていないのは、留守番が多かったからだろう。いっぽうで習得スキルが最多なのはさすがなれど、サバイバル系RPGの生命線は結局のところHP量である。

俺とシノンのレベルが突出しているのは、俺はトゲバリホラアナグマ――ミーシャの一代前の個体――とゴライアスラーナ、シノンはステロケファロスというボス級モンスターを倒したからだ。次はアスナも大物狩りに同行してもらって、レベルを底上げしなくては。というか、隣を走る猫耳騎士様も、アスナと同じく留守番ばかりだったはずなのだが。

川べりを走りながら眺めていたフレンドリストを閉じ、同行者に問いかける。

「なあアリス、いつの間にこんなにレベル上げたんだ？」

「もちろん昨日と今日の昼間ですよ。私は学校に通っていませんから」

その答えに少しだけ拗ねるようなニュアンスを感じ、俺は首を縮めた。アリスは帰還者学校に通いたいとラース側に要望しているらしいのだが、当分認められないであろうことは容易に想像できる。

せめてアスナが卒業する来年三月までに、学校見学くらいは実現することを祈りつつ質問を重ねる。

「家……じゃなくて町の周りに、レベル上げに向いたモンスターがいるのか？　いままで遭遇したのはキツネとかコウモリとか、すばしこい動物ばっかりだったけど……」

「森の中はそうですね。それ以前に、すばしこかろうとそうでなかろうと、私が経験値のために大量の獣を狩ることを好まないのはお前も知っているでしょう？」

「ああ……そうだったな。じゃあ、何を？」

するとアリスは、ちらりと右側の黒い川面を見てから言った。

「川のこのあたりにも出現するのかどうかは不明ですが……町の真西にとても深い淵があって、そこに《ヨツメオオウズムシ》という怪物が潜んでいるのです」

「ヨツメ……？　どんなモンスターなんだ？」

「簡単に言えば巨大なヒルで、幅が十五セン、長さは二メル以上あるでしょうか」

両手を広げながらアリスは言った。最近は現実世界の単位系にも慣れたようでセンチやメートルを使うことが多いのだが、俺と二人だけの時はアンダーワールドの《セン》や《メル》に戻る。恐らく本人は気付いていないのだろう。

「全体が透き通った灰色で、昼間、川面に日光が直接差している時でないとよく見えません。名前のとおり頭に四つの目があって、倒すにはその中心を正確に斬る必要があります。とくに胴体を中ほどで切断してしまうと、後ろのほうにも頭ができ、あっという間に体も伸びて二匹に増えてしまいます」

「うっへ……プラナリアみたいな……」

と顔をしかめてから思い出す。プラナリアやコウガイビルはウズムシという生き物の仲間である、と中学校で習った覚えがあるようなないような。

「まあ、ヨツメオオウズムシも生物には違いないのですが、気分的にはキツネやウサギを狩るよりだいぶマシです。こういうのを、人間の……何と言うのでしたか……」

「エゴ？」

「それです。リアルワールド人は妙な神聖語……ではなく英語をたくさん使うのでとても覚え切れません」

アリスが肩をすくめると、その向こう側の砂地をたっすたっすと滑らかに走っていたクロが賛成するかのように低く「がう」と吼えた。俺が「クロ、攻撃！」とか「クロ、アタック！」とか適当な指示を出しまくっているせい——ではあるまい、たぶん。

「まあ、それには俺も同意するよ。……でも、斬ったら増えるなんていう厄介なモンスターを一人で狩るのは危ないぞ。この世界じゃ一回死んだら終わりなんだからな」

「アンダーワールドも、リアルワールドも同じでしょう」

すかさずそう切り返されれば、確かにと納得するしかない。全ての世界に等しき価値を置くアリスにとっては、ALOやGGOのような《何度死んでも生き返れる世界》のほうが例外的なのだ。

VRMMOの中でカジュアルな死亡と蘇生を繰り返していると、生命というものの捉え方も変わってきてしまうのだろうか……などと柄にもないことを考えかけたが、アリスの声に意識を引き戻される。

「それに、ヨツメオオウズムシは、斬ると増えるからこそレベル上げに向いているのですよ」

「へ？　……ああそうか、わざと増やして片方を倒すことを繰り返せば、湧き待ち時間なしで狩り続けられるのか」

思わず感心してから、ふと気付く。

「あれ……深い淵ってことは水中戦なんだよな？　アリスって泳げるの？」

途端、右上腕の装甲がないところをズビッと指先で突かれる。

「お前、相変わらずちょこちょこ私を侮る発言が出ますね。確かに人界の民は泳ぎが不得手な者が多かったですが、私はその限りではありませんよ」

「でも、いったいどこで練習したんだ？　まさかルール川やノルキア湖で泳いだわけじゃないだろ？」

北セントリアの郊外にある川や湖の名を出すと、アリスは一瞬懐かしそうに目を細めてから、すぐにかぶりを振った。

「もちろん違います。お前も忘れたわけではないでしょう、セントラル・カセドラルの九十階には長さ四十メルもある……」

そこで言葉が不自然に途切れたが、俺はアリスの「しまった」というような表情に気付かず叫んだ。

「えっ、きみ、大浴場で泳いでたの⁉ それって整合騎士になってからの話だよな。なんだよ、俺とユージオの前じゃ澄ました顔してたくせに一人の時は風呂で泳……いでっ！」

さっきより強めに小突かれ、俺は悲鳴を上げた。

へそを曲げた騎士様はその後まったく喋らなくなってしまったが、とりあえずアリスが急激にレベルアップできた理由は解ったので、チャンスがあったら全員で試してみようと心のメモ帳に書き込み、俺は移動に集中した。

河原には大量の石が転がっているが、水際は濡れて締まった砂地になっていて走りやすい。もちろんモンスターは出るものの、攻撃的なのは《ムラサキハシリガニ》というすばしこい蟹と《ノコギリヘビトンボ》という気味の悪い羽虫くらいで、どちらも嫌らしい特殊攻撃はしてこない。そのぶんステータスはそれなりに高く、レベルが一桁の頃なら強敵だっただろうが、

16の俺と15のアリスに、気付けばレベル5になっていたクロもいればさほど苦労せず倒せる。恐らく一昨日の夜に現れたモクリのパーティーや、昨夜襲撃してきたシュルツのレイドもこの川岸を通ってきたに違いない。

ということは、もしいま新たな敵が俺たちの町を目指していれば、正面から鉢合わせしてしまう可能性がある。ゆえに松明はしばらく使えず、夜空の薄明かりだけが頼りだが、雨模様の現実世界と違って月が煌々と光っているのでどうにか走れる。

暗視スキルの熟練度上げを兼ねて、行く手の暗闇に目を凝らしつつ突き進むこと三十数分。やっと前方に森の出口が見えてきて、俺はスピードを緩めた。

川岸に迫るうっそうとした木立がどんどん疎らになり、低い灌木へと変わって、やがてそれも消える。その先に広がっているのはアフリカのサバンナを思わせる大草原——巨大なギョル平原の東の端っこだ。川はそのまま南に流れていくが、走りやすかった砂地は消えて、右岸も左岸も切り立った崖に変わる。ここからは草原の中を進むしかない。

「……船があればなあ……」

クロにバイソン肉のジャーキーを食べさせながらぼやくと、アリスが軽く首を傾げた。

「造れるのではないですか？」

「え、船を？」

「立派な帆船はもちろん無理でしょうが、丸木舟くらいなら……」

「……確かに」

こくりと頷く。クラインたちの話では、目的地であるスティス遺跡はこの川をひたすら南下した先にあるらしい。上流に進むのは丸木舟では難しいだろうが、流れに乗って下るだけなら──。

リングメニューを開き、初級大工スキルの製作メニューを起動する。【粗雑な木の小屋】や【粗雑な石の壁】といったハウジング関係の選択肢を下にスクロールしていくと、果たして。

「あ……あった」

リストのほとんど末尾に【粗雑な大型の丸木舟】を発見し、指をパチンと鳴らす。しかも、名前の右側に表示されているアイコンは二重の四角形マーク。もしこれがトンカチマークなら丸太を手作業で削る必要があるが、ダブルスクエアつきのアイテムは素材さえ持っていれば、メニューからボタン一発で作成できるのだ。すぐ下に【粗雑な小型の丸木舟】もあるが、そちらは二人乗りらしい。クロも乗ることを考えると、大型のほうを造る必要がある。

「どれどれ、大型丸木舟の素材は……《製材された太い丸太》が一本、《製材された丸太》が二本、《細縄》が十本、《鉄の釘》が二十本、《亜麻仁油》が二瓶か」

「意外と色々必要なのですね……」

「そりゃまあ、丸太をくり抜いただけってわけにはいかないだろうしなあ」

そう答えながら、列記されている素材アイテム名を一つずつタップしていく。ユナイタル・

リングのＵＩはなかなかよくできていて、タップすると説明文に加えて現在の所持数も表示してくれる。

「丸太は持ってないけど、そのへんの木を伐ればいいよな。細縄も半分しかないけど、これも草から作れるし……うげ、鉄の釘が三本足りない。これぱっかりはこの場で作るわけにもいかないぞ」

鉄の釘を一から作るには、鉄鉱石を製鉄炉で溶かしてインゴットにし、それを鉄床に載せてハンマーで叩く必要がある。炉も鉄床もログハウスの庭にしか存在しないが、いまから戻るのは絶対に無理だ。

「ぐぬぬ、亜麻仁油は三瓶あるのに……。アリスさん、もしかして釘持ってたりしないっすかねえ……」

「期待しないでください」

そう応じると、アリスもリングメニューを開いた。ストレージに移動し、手早くソートする。

「……ないですね……」

「だよなあ……」

アリスが習得している生産スキルは裁縫と陶工、織工で、どれも釘とは縁がない。そもそも鉄の釘は現時点では貴重品で、ログハウスの修理と井戸の作成のために作っただけなのだ。

「仕方ない、草原を走ろう。もともとその予定だったんだし」

「そうですね」

頷きながらウインドウを消そうとしたアリスの指が、ぴたりと止まった。

「いえ……待ってください。確か……昨日倒した賊の遺品に……」

ぱぱっと指を閃かせ、ボタンを勢いよく叩く。ウインドウの上に実体化したのは──。

「い、椅子？」

確かにそれは、小型の丸椅子だった。座面に四本の足を取り付けたシンプルなデザインで、やたらと古びた色合い。

「……俺たちを殺しに来た奴が、なんで椅子なんか持ってるんだ……？」

「さあ……。休憩の時にでも使ったのではないですか？」

「……まあ、地べたに座るよりは快適だろうけど。で……この椅子をどうしろと？」

「決まっているでしょう。分解するのです」

そう言われ、思わず左の掌を右拳で叩いてしまう。確かに、丸椅子の脚は全て鉄の釘で座面に打ち付けられているようだ。その釘を回収できれば、丸木舟に必要な素材が揃う。

「けど、釘を無傷で回収できる確率はあんまり高くないぞ」

「だから、大工スキルを持っているお前が分解してください。少しは確率が上がるはずです」

「……確かに」

アリスの指摘は正しいが、スキルによってシステム的な成功率は上がれども、リアルラックにはまったく自信がない。俺が生まれた時に与えられた幸運は、アスナと一緒にＳＡＯを生き延びた時に使い果たしてしまったのではないかとこっそり思っているほどだ。

やっぱりアリスが分解してくれ、と言おうとした寸前、俺の左腰にクロが頭を擦りつけた。

「がうっ」

叱るような吼え声に、はたと気付く。昨日、凍死寸前の状況でクロをテイムできたのは万に一つの幸運だった。戦闘力や出現頻度からしてセルリヤミヒョウはかなりのレアモンスターで、テイムスキルを持っていない俺の飼い慣らしが成功する確率はゼロに近かったはずなのだ。

「……そうだよな……俺は充分ラッキーだよな」

クロの首筋を掻いてやってから、その手で丸椅子を持ち上げる。予想外の重さに驚きながら右手でタップすると、【上質なアカガシの丸椅子】というアイテム名が浮かび上がる。これを昨夜の襲撃者たちが作ったとは思えない。となるとどこかで拾ったのか。

一瞬、《上質》つきのアイテムを壊すのは惜しいと考えてしまったが、よく見ると耐久度がもうほとんど残っていない。大工スキルを真面目に修業していればいつか上質な家具を作れるようになるはずだと自分に言い聞かせ、メニュー窓の分解ボタンを押す。

がこっ！　という破壊音が響き、丸椅子がバラバラになって消える。回収できた素材はそのままストレージに入る設定にしているので、恐る恐るウインドウを開く。入手順にソートしたアイテムの最上段には、【上質な鉄の釘】が……三本。

「よっしゃ！」

「やりましたね！」

隣でウインドウを覗き込んでいたアリスが珍しく満面の笑みでそう叫んだので、とりあえず両手を持ち上げてみる。きょとんとする騎士様に、同じようにさせてから勢いよくハイタッチ。

怒られる前に近くの森へダッシュし、もう大丈夫だろうと判断して松明に点火する。明かりを掲げ、良さそうな木を物色。指定されているメイン素材は《製材された太い丸太》なので、メグリマツより大きな木を伐り倒す必要がある。

幸い、アリスが追いついてくるまでのわずかな時間で、俺は直径一メートルほどの堂々たる広葉樹を見つけることができた。滑らかな樹皮をタップすると、しゅわんという音とともに小窓が浮かぶ。【ゼルエチークの古木】……チークという樹種は現実世界にもあった気がするが、ゼルエとはいったい、と首を捻りかけてから気付く。

「ああ……ゼルエテリオ大森林のゼルエね……」

「立派な木ですね」

ハイタッチさせたことを不問に付してくれるらしいアリスの言葉に、うんと頷く。

「もしかしたらレアな木かもな。場所を憶えとこうぜ」

「地図にマーキングしておけばいいではないですか」

「へ？」

そんなことできるの、と思いながらマップウインドウを開き、現在位置を長押ししてみると、何種類もの小型アイコンが並んだサブウインドウが出現した。とりあえず木のマークを選ぶ。ぽこっという音とともに、マップ上に立体のアイコンが出現する。

「おお……こりゃ便利だ。早く教えてくれればいいのに」

「たぶん気付いていなかったのはお前だけですよ」

「……すんません」

我が不明を謝罪しつつ窓を閉じ、左腰の剣を抜こうとする。しかし。

「私がやりましょう。こちらの剣のほうが重いですから……明かりを頼みます」

「えー？　剣で木を伐り倒すの、けっこうコツが要るぞ」

「言ったでしょう、私はルーリッドの村で、これよりずっと大きな木を伐って生活費を得ていたのですよ」

「……ああ、そうだったな」

呟く俺に一瞬だけ微笑みかけると、アリスは手振りで下がるよう伝えてきた。クロと一緒に後退し、松明を高く差し上げつつ見守る。

騎士は被っていたフードを払うと、一度ゼルエチークの大木を見上げてから、両足を前後に開いた。右手で片手半剣の柄を握り、滑らかに抜き放つ。わずかに重心を落とすや、躊躇なくソードスキル《ホリゾンタル》を発動させる。

一瞬、生成りの白スカートに無骨な鉄鎧というアリスの姿が、黄金の整合騎士と重なった。夜闇に青い閃光を引いて走った長剣は、完璧な角度でゼルエチークの幹を捉え、カァーン！と澄んだ衝撃音を轟かせた。派手なエフェクト光が消えると、刀身は硬そうな幹に二十センチ以上も食い込んでいる。

「おや……一撃では無理でしたね」

「一撃でそんだけ斬れたのがビックリだよ……」

感嘆の呟きを漏らしてから、声を張り上げる。

「アリス、俺はロープを作ってるから、その木を頼む！」

騎士が左手の親指を立てるので、俺は松明を近くの枝に挟んで固定し、足許の草むらにしゃがみ込んだ。

五分後、全ての材料を揃えた俺たちは、川べりへと戻った。

改めて初級大工スキルのメニューを開き、《粗雑な大型の丸木舟》の作成ボタンを押す。すると、目の前の真っ黒な水面に、薄紫色に透き通る小舟が出現した。石壁などを設置する時と同じ、ゴースト・オブジェクトだ。

右手でゴーストを移動させると、川から出た瞬間にゴーストが灰色に変わった。どうやら水面でしか作成できないらしい。ぎりぎりまで岸に近付け、手をぐっと握る。

賑やかな音とともに空中から舟のパーツが降り注ぎ、ゴーストとぴったり重なる位置で実体化した。ざぶんと音を立てて浮かんだのは、長さ五メートル、横幅九十センチほどのまさしく丸木舟だ。しかし単純に丸太をくり抜いただけの代物ではなく、右側に延びる二本のアームに細長いフロート、いわゆるアウトリガーが取り付けられている。フロート込みの船幅は目算で二メートル近い。底板の上には長い櫂も用意され、船尾からはアンカーロープが水中に没している。

「ほう、立派なものではないですか」

「アリスが伐り倒してくれた木材が良かったんだよきっと」

そう答え、舟に飛び乗る。アウトリガーのおかげか、思ったより安定しているようだ。船縁に用意されていたソケットに松明を差し込み、アリスに手を貸して引っ張り上げると、クロも身軽な跳躍で船首に陣取る。さすが《大型》だけあって、二人と一匹が乗っても、五メートル近い艇内にはまだまだ余裕がある。

現在時刻は夜八時。丸木舟造りに三十分近くかかってしまったが、陸上をモンスターと戦いながら移動するのに比べればかなり時間を短縮できるはずだ。

「よし、行くぞ！」

アンカーを引き上げながら威勢よく宣言すると、船首のクロも「がるるっ！」と雄々しく吼えた。

櫂による丸木舟の操作は、二、三分練習するだけで会得できた。なぜなら、アインクラッド四層で大活躍したゴンドラとまったく同じ操作法だったからだ。櫂を前に倒して漕げば前進、まっすぐ立てればブレーキ、後ろに倒しながら漕げば後退。右に倒せば左ターン、左に倒せば右ターン。いまは川の流れに乗っているので、軽く漕ぐだけで舟は滑るように加速していく。少しして視界に【操船スキルを獲得しました】【熟練度が1に上昇しました】というメッセージが表示されたので効果を確認すると、旋回速度が早くなったり転覆する確率が下がったりするらしい。

操船そのものはそれなりに楽しいのだが、残念ながら、川の左右はオーバーハングした断崖が続いていて、夜であることを差し引いても眺望はアインクラッド四層の絶景とは比べるべくもない。純白に塗られたゴンドラ《ティルネル号》で、アスナと一緒に水路や湖を駆け巡った日々を懐かしく思い出しながら櫂を操っていると、すぐ前の腰掛板に座ったアリスが振り向き、俺を遠い記憶から引き戻した。

「それで……神代博士の用事はなんだったのです？」

「え……？」

一瞬途惑ってから、例の『高いケーキの店』という伝言のことだと悟る。

「ああ……あれは、凛子さんも伝言の中継を頼まれただけだったんだよ」

「やはり……そうではないかと思っていました」

呟くと、アリスは体ごと向き直った。

「お前を呼び出したのはキクオカでしょう？」

と問うてくる口調と表情から察せられるように、アリスは菊岡誠二郎にあまり良い印象を抱いていないらしい。それも仕方がないだろう、アリスはそもそも菊岡とまともに話したことはほとんどないはずなのだ。

——あのおっさんは確かに胡散臭いけど、あれでなかなかいいところもあるんだよ。ケーキ奢ってくれるし。

というフォローは省略しておいて、アリスに問い返す。

「もしかして、それを訊きたくてついてきたのか？」

「それだけではないですけどね。それで……キクオカは何と？」

一瞬迷ったが、どうせ今夜中にこちらから説明しようと思っていたのだ。丸木舟のスピードを少し緩め、簡潔に告げる。

「アンダーワールドにどこかの誰かが侵入したらしい」

「…………！」

青い瞳を大きく見開くと、アリスは腰掛板からわずかに体を浮かせた。

「侵入者……!?　何者ですか!?」

「まったく不明、リアルワールドからじゃ調べる手段もないって」

それを聞いたアリスは、しばらく中腰のまま固まっていたが、ため息とともに座り直した。

「……なぜ、神代博士は私に教えてくれなかったのでしょう」

「それはもちろん、教えたら一人で速攻ダイブしちゃうからだろ」

「お前たちが使うその《速攻》という言い回し、全速攻撃という意味ではないと最近知りましたよ」

少し落ち着いてきたようで、そんな突っ込みをかましてからアリスは小さく首肯した。

「確かに否定できませんね。私はどうやら、自分で思っているより少々かっとなりやすい人間のようですから」

——いままで気付いてなかったの⁉

とはもちろん口にせず、俺は騎士に頷きかけた。

「いてもたってもいられないのは俺も同じさ。でも、あの広いアンダーワールドから人ひとり探し出すのは、無策じゃ絶対無理だからな……」

「では、放置するというのですか？」

「まさか。菊岡が俺を呼び出したのは、アンダーワールドへのダイブを要請するためだったんだ」

「……！　お前が行くなら私も……」

再び腰を浮かせかけるアリスを、俺は左手で押しとどめた。

「もちろん、アリスにも同行してもらう。そういう条件でOKしたからな。侵入者の件を伏せてた神代博士を責めないでくれよ……あの人は俺や君の安全を何より重要視してくれてるんだ」

「……解っています。リンコは私がリアルワールドで最も信用している人間の一人ですから」

「え……そこに、俺は入ってるの？」

「そういうことを訊くから信用度が下がるのですよ」

呆れ顔で言ってから、アリスはふと気付いたように付け足した。

「……キクオカに要請した同行者は私だけですか？」

「いや……ええと、その、アスナも」

「そうだと思っていました」

頷くアリスの横顔から内心を読み取ろうとしたのだが、俺にそんなスキルは備わっていないのだった。

会話のあいだも丸木舟は黒々とした川面を突き進み、森の町を出発してからの総移動距離はたちまち十五キロを超えた。目的地のスティス遺跡までは道なりで三十キロ程度らしいので、このまま何ごともなければあと三十分ほどで到着できる計算だ。

出発前にたっぷり水を飲み、食事もしてきたが、気付けばTPバーが半分近く減っている。しかし舟に乗っているあいだは、少なくとも水不足に陥る心配はない。ストレージから素焼きのコップを出して川の水をすくい、アリスと交代で飲み干す。夜なので水の透明度をチェックできないのが不安と言えば不安だが、味に異常はないし、クロも嫌がらずに飲んだので病気になったりはしないだろう。

川幅は徐々に広がってきているようだが、左右は切り立った断崖がひたすら続くばかりで、単調な光景に眠気を誘われる。だが、うと……としかけたところを狙うかのようにヤゴっぽいモンスターやタニシっぽいモンスターが舟に飛び込んできて戦闘になるので、居眠り運転で事故を起こすこともなく、俺は船頭の役目を果たし続けた。

開いたままのマップは、すでに大部分が未踏破エリアを示すグレーに呑み込まれ、その中心だけが一直線に青く色づいている。操船スキルの熟練度もあっという間に5まで上がり、これはメイン職を船乗りに変えてもいいかもな……などと思った、その時だった。

「キリト……、何か聞こえませんか？」

前方を見据えたままアリスがそう言ったのと同時に、船首に陣取るクロも長い尻尾を立て、「ぐるる……」と唸った。

敵？　フィールドボスでも出るのか？

気を引き締めつつ、俺は耳を澄ませた。かすかな重低音が聞こえる気がする。超巨大な獣が雄叫びを上げているような――いや、それにしては音に変化がない。ゴーッという単調な響き。音量だけが少しずつ大きくなる。

「キリト、舟を止めて！」

アリスが叫んだ直後、俺も気付いた。松明の光と月明かりではよく見えないが、前方で川面がすっぱり消滅しているらしい。

「……た、滝だ――――っ！」

叫びながら、櫂を思い切り後ろに倒したが、フルスピードで突進していた丸木舟は簡単には止まらない。あっという間に耳を聾するほどとなった轟音が、俺とアリスの喚き声を掻き消す。

突然、ふわっと体が浮くような感覚が訪れた。

いや、実際に浮いているのだ。滝口から飛び出した丸木舟が、空中を飛翔している。

「おわ――――――っ‼」

「きゃあああぁっ‼」

という二種の悲鳴に、クロの「あお〜〜〜ん」という遠吼えが重なった。

「そりゃまあ川なんだから、滝くらいあるよな……」

全身から水滴をぽたぽた垂らしながら俺が呟くと、隣でアリスが力なく応じた。

「五分早く気付いてほしかったですね」

「まあ、気付いても両岸とも崖だったんだから、滝に飛び込むか上流に遡るかの二択だったけどな……」

「ちゃんと探せば登れる場所くらいあったでしょう」

その指摘にクロが「がう」と同意の声を上げ、全身を激しく振って大量の水滴を飛ばした。

そのほとんどは俺を直撃したが、ずぶ濡れがびしょ濡れに変わった程度だ。

「……でもまあ、大惨事にならなくてよかったよ。誰も溺れなかったし、舟も転覆はしたけど壊れなかったし」

「あの滝、落差三十メルはありましたからどちらも奇跡ですよ。ちゃんとステイシア神に感謝しておきなさい」

「あい……」

と答えはしたものの、それは少々難しい。なぜなら俺にとって、アンダーワールドの創世神ステイシアは、いまやアスナと同一の存在だからだ。アリスは昔から信仰してきたステイシア神とスーパーアカウント01・ステイシアを自然に区別できているらしいが、俺は眼を閉じればどうしてもアスナの顔が脳裏に浮かんでしまう。

とりあえず、アスナバージョンのステイシア神に胸中で礼を言い、状況を確かめる。

舟ごと滝壺に落下した俺とアリスとクロは、ひっくり返った舟に摑まったまま数百メートル流されたものの、どうにか岸に登ることができた。滝から下流は再び川岸が河原になっていたのでそれが可能だったのだが、崖のままなら河口まで流されていたかもしれない。この陸地の周囲に海があるなら、だが。

不幸中の幸いは、岸に這い上がった場所が本来の上陸地点と大して離れていなかったことだ。問題のスティス遺跡は、現在位置から南西に五キロほど移動した場所にある——はずだ。月光に照らされるフィールドは、アインクラッド一層はじまりの街の周囲を思い起こさせる起伏のない草原で、ダッシュすれば十五分もかからないだろう。到着予想時刻は午後八時四十五分。予定では九時、何かあれば九時半にはなるだろうと思っていたので、丸木舟のおかげでかなり短縮できたことになる。

その舟は、アリスと二人で苦労して再度ひっくり返し、背後の川べりにアンカーで係留してある。ストレージには入れられなかったのでこのまま浮かべておくしかない。できれば帰路も使いたいが、あの滝を舟で遡上するのはどう考えても無理だ。

同じ事を考えたのか、アリスがちらりと振り向いて言った。

「……いざとなれば、もう一度素材に戻すしかなさそうですね」

「そうだな……。でも、本体のゼルエチーク材は回収できないだろうな」

「くり抜かれていますからね。……私がまた伐りますよ、そのためにマーキングしたのだし」

口ではそう言ったが、アリスも本心では壊したくないだろう。ティルネル号と違って名前をつけてはいないが、やはり舟は単なるアイテム以上のものがある。

「他になにかうまい手がないか考えてみるよ。……とりあえず、出発しよう」

話しているあいだに装備もあらかた乾いたのでそう言うと、アリスがこくりと頷いた。


草原に出現するウサギやカタツムリのモンスターは、大森林と比べると明らかに弱かった。ほとんどが基本ソードスキル一発で倒せるので楽だが、経験値は大して入らないし、ドロップアイテムもぱっとしない。

それでも塵も積もればなんとやらで、走っているあいだにみんなレベルが一つずつ上昇し、俺は17、アリスは16、クロは6となった。これでアビリティポイントのストックが6になったので、1ポイント使うことにしてアビリティ取得ウインドウを開く。

俺は現在、《剛力》ツリーから《剛力》をランク8まで、その上位の《骨砕き》をランク1まで取得している。階層2の《骨砕き》はランクアップに2ポイントを要するので、ひとまず

《剛力》をランク10まで上げてしまう作戦だ。取得ボタンを押そうとして、隣を走るアリスに目を向ける。

「そういや、きみはアビリティ何取ったの？」

「《剛力》をランク1、《骨砕き》をランク1、《乱撃》をランク1、《鉄砕き》をランク2です」

「て……《鉄砕き》？」

そんなアビリティあったっけ、と眉を寄せてからようやく気付く。

「え……それってもしかして階層4？　ランク2ってことは8ポイントも使ったのか⁉」

仰天する俺を一瞥し、アリスは平然と答えた。

「効果が気に入ったのです」

「ど、どんな効果なの？」

「《攻撃時に敵の防具・装甲等の損傷増大》です。盾だろうと鎧だろうと一撃で打ち砕くのが整合騎士の剣ですから」

「……なるほどね……」

セントラル・カセドラル八十階の《雲上庭園》で、整合騎士アリス・シンセシス・サーティと剣を交えた時のことを思い出しながら俺は頷いた。連撃ソードスキルで撹乱すれば勝機あり、などと考えていたのだが、アリスが神器・金木犀の剣で繰り出す一撃の凄まじい重さに受けることもままならず、あっという間に壁際まで追い詰められてしまったのだ。

ゲーマーとしては、低レベルのうちから上位アビリティを無理して取るのは効率が悪い……と言いたくなるがそれは大きなお世話というものだろう。ユナイタル・リングはただのゲームではないが、それでもゲームには違いない。キャラクターは自分の心の声に従って育てていくのが一番だ。

「じゃあ、重武装の敵が出てきた時はよろしくな」

「代わりにスライム系やワーム系が出たら任せますよ。ぬるぬるする奴やにょろにょろする奴は当分御免です」

「へいへい」

いったいヨツメオオウズムシを何匹狩ったんだろうと思いながら頷き、俺は《剛力》の取得ボタンを押した。

その後も俺たちを手こずらせるほどのモンスターとは遭遇しなかったが、代わりに予想外の理由で何度か回り道を強いられた。目的地に近付くにつれ、松明片手にレベル上げをしているプレイヤー集団が増え始めたのだ。いまの状況で走って近付いていけば、ＰＫと勘違いされる可能性が大いにある。

松明を消し、他のプレイヤーと鉢合わせしないよう注意しつつ南西へと進んで、小さな丘を越えた瞬間、それはいきなり目の前に現れた。

平らな草原に、まるで小山の如くそびえ立つ巨大な城砦都市。緩く湾曲する城壁が幾重にも重なって、コマをひっくり返したような円錐形を形作っている。月明かりに照らされる都市は、直径一キロ、高さ二百メートルほどもあるだろう。規模だけならはじまりの街より大きい。

しかしよく見ると、城壁はあちこちが派手に崩壊していて、照明もほとんど見当たらない。中心部がかろうじてオレンジ色の光を放っているが、全体としては街というよりダンジョンという印象だ。

「……あれがスティス遺跡か」

丘のてっぺんで立ち止まり、そう呟くと、アリスが指先でフードの縁を持ち上げながら言った。

「あの壁、自然に崩れたというより、まるで大戦でもあったかのようですね」

「言われてみれば……真ん中に大穴が開いてるもんな。でも厚みが二メートルくらいありそうだぞ。大砲でも使わないと無理じゃないか？」

「なら使ったのでは？　あるいは同じくらい強力な神聖術……ではなく魔法か」

言われてみれば、この世界にはフリントロック式マスケット銃が存在するのだから、同程度の技術レベルと思われる前装式滑腔砲があってもおかしくない。遥かな昔、いずこかの軍隊が草原に大砲を並べ、あの都市を砲撃したのだろうか？　それともアリスの言うように、魔法による破壊なのか……？

「それで……あの遺跡のどこで待ち合わせているのです？」

「あ、そうだった」

遠路はるばるやってきたそもそもの目的を思い出し、俺は視線を右に動かした。

「ええと……九時に、遺跡の真北五百メートルのところにある大きなヤナギの木の下」

「あと五分しかないではないですか」

「遅れそうならリアルで連絡することになってるけど、ギリ間に合いそうだな。クロ、ハラ減ってないか？」

言葉がどこまで通じているのかは不明だが、行儀良くお座りしていた黒豹は軽く「がう」と鳴いて起き上がった。

暗いので目印の木を見つけるのに苦労するかと思ったが、丘からだいたいの見当で南南西に走っていくと、行く手にそれらしいシルエットが見えてきた。垂れ下がる長い葉っぱが夜風にたなびく様子は間違いなくヤナギの木だ。いかにもお化け、ではなくアストラル型モンスターが現れそうなロケーションだが、そんな場所を待ち合わせの目印にはするまいと考え、まっすぐ近付いていく。

「おーい、アルゴ、いるかー」

控えめな音量で呼びかけながら、節くれ立った古木に近付いていった、その時。

「キリト！」とアリスが叫び、

「ぐるるっ！」とクロが唸り、

「びょおおおお！」と奇っ怪な声が響き渡った。反射的に剣の柄を握りつつ周囲を見回す。

大ヤナギの根元には半ば朽ちた石の墓標らしきものがあり、それがぼんやり光っているような……と思った瞬間、地面から仄白い影がぬるりと湧き出た。ぼろぼろに破けた古風なドレス、顔を覆い隠すほど長い髪、まっすぐ前に伸ばされた枯れ枝のような腕。その全てが透き通っている。

「……お化けいるじゃん!!」

叫び、剣を抜く。アリスもバスタードソードを構え、クロが跳躍態勢に入る。

「びょおおおおお！」

再び叫んだお化けは、すだれのような前髪の奥の両目から青白い冷光を放ち、俺を見据えた。まだターゲットされただけなのに、お化けの頭上に赤い紡錘カーソルが現れる。ＨＰバーの下に表示されている名前は【ヴェンジフルレイス】。アルファベットならvengeful wraithだろう。

英語名か、と脳裏で呟く。いままで遭遇したモンスターの中で、名前が日本語ではなかったのはギヨル平原の壁ダンジョンで戦った火吹きガエル、ゴライアスラーナだけだ。仮にボス級は英語名というような法則があるのなら、このヴェンジフルレイスも油断はできない。

緊張感に満ちた睨み合いを終わらせたのは、レイスのほうだった。

「びょう！」

と叫ぶや、空中を滑るように左へ動き、いきなり突っ込んでくる。爪が長々と伸びた右手を、俺の首筋めがけて振り下ろす。

反射的に剣を掲げつつ、思い切り後ろへ跳ぶ。保険を掛けておいたのは、ガードが成功する確信がなかったからだ。悪い予想が当たり、レイスの右手は俺の剣に当たって一瞬減速したものの、煙のようなエフェクトを発生させつつすり抜けてきた。

「くおっ……」

空中で必死に上体を仰け反らせる。鋭い鉤爪が喉から三センチほど離れたところを切り裂き、空中に五本の青白い軌跡を残す。

着地するや、カウンターの突き攻撃。《上質な鉄の長剣》の切っ先は狙い違わずレイスの脇腹を捉えたが、今度もぼふっと煙が上がっただけで手応えがない。ＨＰバーもほんの数ドット減っただけだ。

「アリス、こいつ物理がほとんど効かないぞ！」

再び後退しつつ叫ぶと、「幽霊は基本そういうものでしょう！」という言葉が返ってくる。アンダーワールドに幽霊の類は出なかったはずなので——生き霊っぽいものなら一回遭遇したが——、ＡＬＯで学んだ知識だろう。現実世界ではないと思いたい。

物理攻撃の効果が薄いアストラル系への対処方法は主に二つ。火属性か光属性の攻撃魔法を使うか、補助魔法で武器をエンチャントするかだ。しかしいまはどちらも不可能。秘蔵の聖剣エクスキャリバーなら素のままでも一撃で成仏させられる自信があるが、遥か離れた我が家に置いてきてしまったし、だいいち現在のステータスでは持ち上げることもできない。

「ぴょおおおう……」

俺の懸命な思考を嘲笑うかのように、レイスが大きく裂けた口を歪めた。

それを見た途端、ふと一つの可能性に思い至る。

ヤナギの木で待ち合わせた相手、鼠のアルゴはどうなったのだ？　周囲に彼女の姿はない。いくらアルゴが素早くとも、コンバート直後のレベル1でこの厄介なレイスに襲われたらどうしようもあるまい。俺たちが到着する前にアルゴはこの場所で死に、ユナイタル・リング世界から永遠に追放されてしまったのでは……？

最悪の想像に、思わず体が強張ったその隙を、レイスは見逃してくれなかった。

「ぴょあっ！」

いきなり腰まで地面に潜り、その状態で突っ込んでくる。想定外のアクションに対処が遅れ、どうにか剣と左腕をクロスさせるガード姿勢を取りはしたが、地面から跳ね上がってきた鉤爪攻撃は鉄の刀身と籠手をすり抜けて俺の前腕を深々と切り裂いた。

痺れるような衝撃と、強烈な冷感。ＨＰバーが一割以上も削られ、さらに氷の結晶マークのデバフアイコンが点灯する。ギヨル平原で氷嵐に襲われた時にも見た、冷気の継続ダメージだ。

「くそっ……」

毒づく俺の肩を、背後のアリスが思い切り引いた。よろめく俺と入れ替わるように前へ出ると、

「やあっ！」

鋭い掛け声とともに両手持ちしたバスタードソードを閃かせる。

整合騎士時代を彷彿とさせる、体重の乗った鮮やかな水平斬りだ。俺の片手剣より五センチ以上長い刀身はレイスの胴体を見事に捉えたが、やはり白い煙が飛び散るばかりで敵のＨＰはろくに減らない。

続けて、クロもレイスに飛びかかった。巨大な牙で肩口を深々と咬み裂く。生身による攻撃は鉄の剣よりはまだ効果があるのか、今度はＨＰバーが三パーセントほど削れたが、レイスも黙ってやられてはいなかった。

「ぴょおおお！」

怒りの咆哮とともに、両手の爪をクロの背中に突き立てる。

「ぎゃん！」

悲鳴を上げたクロが、真紅のダメージエフェクトを散らしながら飛び退く。ＨＰは一割以上減り、さらに冷気デバフを喰らっている。

俺は骨まで染み通るような寒さに耐えながら移動し、うずくまるクロの背中を左手で抱いた。

自分にテイマー気質はないと思っていたし、クロは昨日成り行きでテイムしたばかりのペット

なのに、ここで失うことを想像すると足が震えるほどの恐怖を感じる。

このままでは勝ち目がない。いったん撤退するべきか。だが空中を素早く動くレイスから、走って逃げられるか。

そもそも、スタート地点からほんの五百メートルしか離れていない場所に、これほど強力なモンスターが出現していいのか。レベル17と16の前衛職に加えて戦闘向きのペットまでいるのにこの有り様では、街から出てきたばかりのプレイヤーは逃げることもままならないだろう。このレイスは、いったいどういう意図でここに配置されているのか……。

継戦か撤退かを決められないまま、断片的な思考を巡らせていると。


「キー坊、そいつ、火が効くゾ！」

突然、背後からそんな声が聞こえ、同時に何か光るものが飛んできた。炎の輪——ではなく回転する松明だ。火の粉を撒き散らすそれをかろうじて左手でキャッチし、叫ぶ。

「アリス、五秒頼む！」

「十秒支えてみせます！」

頼もしい返事を聞きながら、剣を地面に置いてフルスピードでメニューを開く。ストレージに一瓶だけ残っている亜麻仁油を実体化、親指で栓を弾き飛ばし、中身を全て剣に注ぎかける。

刀身の裏表にしっかり油をまとわせ、瓶を投げ捨てて立ち上がる。

ちょうど、アリスがバスタードソードでレイスを薙ぎ払ったところだった。相変わらず敵のHPはろくに減らないが、いままではすり抜けるだけだったレイスがいくらかノックバックする。よくよく見ると、アリスは剣を立てて握り、刀身の腹で殴るように使っている。

なるほど、と感心しつつ再度指示する。

「アリス、スイッチ！」

すかさずバックジャンプした騎士と入れ替わり、右手の剣に左手の松明を近付ける。

ボッ！　と音を立てて油が引火し、刀身を赤々とした炎で包んだ。剣に炎属性を与える最も手軽な手段だが、魔法によるエンチャントと比べると効果時間がずっと短いし乱暴に振り回せば火が消えてしまう可能性もある。

「びゅううううっ！」

左手の松明と右手の剣に照らされたヴェンジフルレイスが、両手を掲げて後ずさった。この機を逃すわけにはいかない。消えるなよ！　と脳裏で叫び、即席の火炎剣を上段に構える。炎の赤と、エフェクト光の黄緑が混ざり合う。

「ッ！」

短く息を吐き、跳躍。ソードスキル《ソニック・リープ》が発動し、俺は暗闇を切り裂いて突進する。

「ぴょおっ!!」

レイスが右手を突き出した。複雑な紋様のサークルが出現し、五本の指から青白く光る針が発射される。魔法攻撃……しかしここで下手に防御しようとするとソードスキルがファンブルしてしまう。リズベットが鍛えてくれた鎧の防御力を信じ、針を無視して突っ込む。

「うらあ！」

三本の針が体の各所に着弾する衝撃を感じながら、俺は剣を振り下ろした。蹴り足で速度をブーストしたソニック・リープの勢いに耐えた火炎剣は、レイスの左肩口から右脇腹へと抜け、霊体を真っ二つに叩き切った。

「びゃあああああ！」

仰け反ったレイスの上半身が、耳障りな悲鳴を上げる。HPバーが減っていく。いままでのしぶとさが嘘のように、一瞬で半分を割り込み、残り四割……三割……二割五分で止まる。

真っ二つになったレイスの上下の切断面から、白い煙が粘液のように伸びて接合する。追撃を……と思うが、剣の炎は消えかけているし俺はソードスキルの技後硬直で動けない。

と、誰かが俺の左手から松明を奪い取り、いまにも合体しそうなレイスの隙間に突っ込んだ。

直後、上半身と下半身がくっつく。だが、胴体に取り込まれた松明の炎は消えず、逆に勢いを増しつつレイスの内部でぐるぐる吹き荒れる。

「ぴょおおおおおお――――っ」

限界まで仰け反ったレイスの甲高い絶叫が、赤い炎に変わった。両目からも炎が噴き出す。HPバーが再び減少を始め、今度こそゼロになる。

白いアストラル物質と赤い炎がマーブル模様を描いて膨れ上がり、地面を揺らすほどの爆発を引き起こした。このど派手な消滅エフェクトは、やはり雑魚モンスターのものではあるまい。だからどうしてこんな場所にボスが！　という疑問は、瞬時に俺の脳裏から消えた。レイスが爆発した場所に、小さな水色の光が残っている。それはすぐにふわふわと上昇し始め、ヤナギの枝葉に近付いていく。

「ま、待った！」

叫ぶと、俺は節くれだった太い幹に両手両足をフル活用してよじ登った。二股になっているところまで到達すると、仰け反るような体勢で思い切りジャンプ。限界まで伸ばした指先が、かろうじて水色の光に触れる。光がシャボン玉のように膨らんで弾けるのを見届け、二回後方宙返りを決めて着地。

ふうーっと安堵のため息をついてから、ヴェンジフルレイスに松明でトドメを刺してくれたプレイヤーに向き直る。

砂色の簡素な革鎧、左腰には小型のダガー。麦藁色の短い癖っ毛と、くりっとした金褐色の瞳。

「おい、アル……」

だが俺は呼びかけを中断せざるを得なかった。小柄なアバターを、足許から青い光のリング――レベルアップ・エフェクトが繰り返し包み込んでいたからだ。三回、四回、まだまだ続く。五回、六回……七回でやっとリングの発生が止まる。

「アリャー、ごっつぁんゴールでレベル8かヨ。参ったナー」

「別に参ることないだろ、それだけの価値があるナイスプレーだったんだから……じゃなくて」

ちらりと後方を見て、アリスとクロが無事なのを確かめながら続ける。

「アルゴ、お前、どうしてこんなヤバい場所を待ち合わせ場所に指定したんだよ？　てっきり、あのレイスに殺されたかと思ったぞ」

「私はむしろ、我々を殺すための罠かと思いましたよ」

近付いてきたアリスがそう言うと、アルゴは大きく苦笑いした。

「まァ、そう勘繰られても仕方ないよナ」

ぴょんと一歩前に出ると、自分より頭半分ほども背が高いアリスを見上げる。

ここでようやく、俺はアルゴのアバターが、現実世界の彼女よりいくらか幼い容姿であることに気付いた。しかし違和感よりも懐かしさを強く感じる。なぜならこのアバターは、ＳＡＯ時代のアルゴそのものだからだ。

しかし昨日、アルゴは確かに――。

「あれ、お前、ＳＡＯのキャラデータをＡＬＯに移してないって言ってなかったっけ？」

「アア、言ったヨ。クリスハイトと会うのに使ったのはイチから作ったキャラさ。そのアカウントでここに来ても良かったんだけどナ……またキー坊やアーちゃんと冒険するなら、やっぱこっちだろって思ってナ」

「てことは、今日はじめてＳＡＯキャラをＡＬＯに移して、それでログインしたわけか……？妖精の種族は何を選んだんだ？」

　頭や肌を仔細に検分しながら訊ねると、アルゴは「そんなに見んなヨ」と顔をしかめてから答えた。

「種族なんか選ぶトコなかったゾ。ＡＬＯに入ろうとしたらすぐさまこの世界に飛ばされて、目ェ開けたらこの格好だったヨ」

「へえ……てことはアルゴは人間、じゃなくてアインクラッドの人族のままってわけか……。しっかし、ＡＬＯの運営企業はこの状況でてんやわんやなはずだろ。よくデータ移行をすぐに処理してくれたな」

「それがナー、ユーミルのサイトの申請フォームにＳＡＯのＩＤとパス入れて、送信ボタン押したら一瞬で新しいＩＤが届いたんだよナ。人力の処理スピードじゃなかったゾ」

「へえ……前は人力でやってたはずだけど、いつの間にか自動化したのかな……」

　首を傾げてから、まあ大したことじゃないと肩をすくめる。

「で、最初の質問の答えを聞いてないぞ」

「あー、ここを待ち合わせ場所にした理由ナ」

巨大なヤナギの木をちらりと見上げると、アルゴは顔をしかめた。

「オレっちとしたことが、手抜きしちまってナー。例のユナリン攻略チームの一つが作ってるウィキにこのあたりの地図がアップされてて、そこにこのヤナギの木が載ってたんだよナ。ご丁寧に、『周囲にモンスターが湧かないので安全』なんつうキャプションつきでサ」

「はぁ!? どこが安全なんだよ……低レベルのプレイヤーが近付いたら一発で死ぬぞ」

俺の言葉にアリスが深々と頷き、クロまで「がう」と吼える。

アルゴはアリスの隣に座るクロを見ると、「カッコイイ黒豹だナ。どっちのペットだ?」と訊いてきた。

「俺のだよ。ていうかお前、鼠のくせに犬が苦手で猫は大丈夫なのか?」

「よく憶えてたナ。言っとくケド、犬だって鼠を捕るんだゾ。ラットテリアっていう鼠狩り専用の犬種もいるくらいだからナ」

「へぇえ……じゃなくて、さっきのレイスだよ。アルゴが見た攻略ウィキの情報が間違ってたってことか?」

「そういうワケでもなさそうダ。これを見ろヨ」

アルゴはリングメニューを開き、クエストウインドウへと移動した。そこには早くも三つのクエストが登録されている。タイトルはそれぞれ、【ウサギのお守り：推奨レベル1】【下水道の落とし物：推奨レベル3】【古代の怨霊：推奨レベル20】と――。

「あっ、これか⁉　さっきのレイスはクエストボス⁉」

「そうみたいだナ。このクエを受けて、条件を満たしてないと出現しないんダ」

「しかし、私もキリトもそんなクエスト受けていませんよ」

アリスの指摘に、俺もこくこく頷く。念のために自分のクエストウインドウも開いてみたが、当然からっぽのままだ。

二人してアルゴを見ると、情報屋はいっそうすまなそうな顔で言った。

「たぶん、合わせ技なんだヨ」

「は……？」

「オレっち、待ち合わせした九時の十分くらい前に一回ここに来たんだ。そしたらヤナギの根元にあるあのお墓がぼんやり光り始めてサ……」

アルゴが指さした先には、苔むした小さな墓標が月光に照らされている。いまは何の異常も感じられないが、俺たちが到着した時には確かに淡く光っていたような記憶がある。

「……そん時は光るだけでモンスターは出なかったケド、えらく嫌な予感がしてサ。キー坊に待ち合わせ場所変更の連絡をしようと思ったんだケド、ここで落ちるわけにもいかないカラ、いったん遺跡に戻ろうとしたんダ。そしたら、後ろのほうでヤバそうな音が聞こえてきたんで、引き返してきたってワケ」

「ははあ……クエを受けてるアルゴが墓を起動させて、俺たちがレイス出現の条件を満たしたってことか。いったい、何が条件だったんだ？」

「銀のアイテムをオブジェクト化させて持ってるコト、らしい」

「は？　銀……？」

ウインドウを閉じ、ポケットやポーチに入っているわずかな所持品をチェックする。しかし。

「……ないぞ、そんなもの」

ALOから引き継いだ愛剣ブラークヴェルトを鋳溶かした時、《上質な銀のインゴット》がいくつかできたが、それは全てリズベットに預けたままだし、持っているとしても無駄に実体化させておくはずもない。

「あ……もしかすると、私かもしれません」

何かに気付いたように、アリスが腰の布製ポーチを探った。

出てきたのは、じゃらじゃら音を立てる小さな革袋だ。口を広げて覗き込み、小さな円盤をつまみ出す。銀色に光るそれを、俺の掌にぽとりと落とす。

「銀貨……？」

古びて輝きがくすんでいるが、まさかアルミやニッケルではあるまい。径も厚みも百円玉とほぼ同じ。片面には100の数字が、反対側には二本の樹がレリーフされている。タップすると【100エル銀貨 硬貨 重量〇・一】というプロパティ窓がポップする。

「……百エル……。そういや、この世界でコインは初めて見たな……」

思い返してみると、いままで倒したモンスターはほぼ全て動物系で、牙や毛皮といった素材は落としたが現金は落とさなかったのだ。顔を上げ、アリスにコインを返しつつ問いかける。

「これはどこで？」

「キリトタウンを出る前に、シノンから預かったのです。もしスティス遺跡にNPCショップがあり、そこでマスケット銃の弾丸と炸薬を売っていたら、このお金で買えるだけ買ってきてくれと」

「あー、なるほど……」

俺たちが使っている剣は研げば耐久値を回復させられるが、シノンのマスケット銃は弾丸と炸薬が切れたらどうにもならない。銃をくれたオルニト族が弾と炸薬の作り方も教えてくれたらしいが、素材の一つがギヨル平原の奥地でしか採れないようだと言っていた。シノンの銃は貴重な戦力なので、残弾数が怪しくなる前に採取を手伝おうと思っていたものの、確かに店で買えるなら話が早い——のだが。

「ウーン、タマや火薬を売ってるような感じじゃなかったナァ」

と、アルゴが肩をすくめながら言った。

「あの遺跡、大部分は完全な廃墟でモンスターも出るんだケド、真ん中だけは街として機能してて、NPCショップもいくつかあるんだヨ。でも、売ってるのは簡単な道具とか食いもん、それに初級装備くらいだったナー」

「え……食いもんってどんなの？」

という俺の質問は、そろそろSPも回復させなければという危惧から出たものだったのに、アルゴは呆れたように首を振った。

「ヤレヤレ、相変わらず仮想世界だと食い意地が張ってるナ」

それを聞いたアリスがくすっと笑う。

「ポケットから饅頭が出てきた時のことを思い出しますね。……それよりキリト、そろそろ紹介してくれませんか？」

「へ？　……あ、ああ、初対面だったか」

俺は軽く咳払いしながら、双方の肩書をどう説明したものかとしばし悩んだ。

5

予定外の戦闘はあったものの、電車内での約束どおり無事にアルゴと合流できた俺は、まっすぐゼルエテリオ大森林に帰るつもりだった。

だがそこでアルゴが、いったんスティス遺跡に戻りたいと言い出した。提示された理由は二つ。

一つは、クエスト《古代の怨霊》がどうなったか確かめること。

そしてもう一つは、夜十時から遺跡の中心部で開かれるという、攻略チームの合同懇親会に潜り込むこと——。

「……まあ、俺も興味はあるけどさ……。その懇親会とやら、部外者が参加しても大丈夫なのか？」

スティス遺跡の北門目指して歩きながら訊ねると、アルゴは毛先を指先にくるくる巻きつけながら答えた。

「ヘーキヘーキ、百人近く参加するみたいだからナ。まあ、格好は工夫しないとだろうケド」

「まあ……こりゃどう見ても初期装備じゃないし、ALOからの引き継ぎ装備にも見えないし

　全身にまとった無骨な金属鎧を見下ろしてそう呟いてから、ふと気付く。

「いや、鎧は脱げばいいけど、クロはどうするんだ？　こいつ、無茶苦茶目立つだろ」

　俺の右側をしったしったと優美に歩いているクロは、頭から尻尾の先までが二メートルを軽く超える堂々たる姿だ。ただでさえペットを連れているプレイヤーなどほとんどいないと思われるのに、このクロヒョウが目立たないはずがない。

「あー、そうだナ……。空っぽの廃屋はいっぱいあるカラ、そこで待機させておけないかナ？」

「まあ、できなかないだろうけど……」

　俺が学校に行っているあいだは、クロはアガーたちと遊んだり、町の中をパトロールしたり、昼寝をしたりと自由に過ごしていたらしい。飼い主と八時間以上離れてもテイムが解除される様子がないのだから、三十分程度待機させておくことは可能と思われるが、土地勘のない――しかも他のプレイヤーがうろついている場所で目を離すのはやはり不安だ。

「だったら、私がクロと一緒にいますよ」

　左側でアリスがそう言ったので、俺は顔をそちらに向けた。

「え、いいのか？」

「人混みの中はあまり好きではありませんから。その代わりに、シノンに頼まれた買い物は任せますよ」

革袋ごと差し出されたコインを受け取り、自分のベルトポーチに仕舞う。

「もちろんそれくらいはするけど……弾も火薬も売ってない気がするなぁ」

「それは仕方ないでしょう。くれぐれも、着服して買い食いなどしないように」

「子供じゃないんだからさぁ」

と抗議すると、アルゴが「にひひ」と笑った。

金属製の防具を全てストレージに戻し、服の上から大きな粗布をマント代わりにまとうと、見た目は完全に《猶予期間が終わった直後の低レベルプレイヤー》になった。アリスのほうはずっとフードつきマントを被っていたので、鎧を除装してもあまり変わらない。剣だけは外すのが不安なのでそのままにしたが、二人ともマントでほぼ隠れる。

「はー、オレっちも早くそういうフーデッドマントが欲しいナァ。ツラ剝き出しだとどうにも落ち着かないヨ」

アルゴがそう言った時にはもう、スティス遺跡の北門は目の前に近付いていた。周囲の地面は踏み固められた土で、植物はほとんど生えていない。

「もっと早く言えよ。草がいっぱいむしれる場所なら、こういう布を作れたのに」

「えー、それ素材は草なのカ？」

「どんな草でも布になるってわけじゃないけどな」

「だったらそれくれヨ」

「や、やだよ」

そんな言い合いをしていると、アリスがリングメニューを開いた。

「確か布が余ってたはずだから、私がフードつきのマントを作りますよ」

「え、いいのかアリっち？」

「おい、そんな適当なあだ名つけるなよな」

「ふふ、構いませんよ。あだ名で呼ばれるのも楽しいものです」

鷹揚なところを見せたアリスが、裁縫スキルの製作メニューを手早く操作する。それだけで、ウインドウ上に灰色のフーデッドマントが現れる。

「へーっ、ボタン一発カ。便利なもんだナ」

感心するアルゴに、「メニューから作れるのはこういう簡単な品だけですが」と注釈しつつ、アリスはマントを差し出した。

「どうぞ、アルゴ」

「ありがとなアリっち、この恩は忘れないヨ」

礼を言って受け取ったアルゴが、ALOからの持ち込みであろう革鎧の上にマントを羽織る。フードを深く引き下ろせば、見た目は完全にSAO時代の《鼠》——と言いたいところだが、ほっぺたに三本ヒゲがないのが惜しい。

油性ペンを持ってたらとっ捕まえてヒゲを落書きしてやるのになあ、などと不埒なことを考えた途端、じろりと睨まれてしまう。

「キー坊、レディーの顔をじろじろ見るもんじゃないゾ」

「す、すんません」

慌てて謝り、俺は視線を前方に戻した。

間近から見上げると、スティス遺跡は想像以上に巨大だった。外壁の高さは三十メートルを超えるだろう。材料の石ブロックも一つの幅が一メートル以上あり、どうやって積んだのかも、どうやって破壊したのかもまったく見当がつかない。

ゲートの装飾も手が込んでいて、破壊される前はさぞかし美麗な大都市だったのだろうと思わせる。だがいまは、ゲートをくぐる住民や商人はいない。

意外なのは、プレイヤーの姿も見当たらないことだった。ALOからは、少なくとも五千人以上のプレイヤーがユナイタル・リングに強制コンバートさせられ、そのほぼ全員がまだこの遺跡を拠点としているはずなのだ。時刻は午後九時過ぎ、VRMMOプレイヤーのゴールデンタイムである。フィールドで狩りをするプレイヤーと、補給に戻るプレイヤーがひっきりなしに出入りしていてもいいはずなのだが。

という疑問を口にすると、アルゴがシンプルな答えを返してきた。

「あー、北門は人気ないんだってサ」

「へ？　人気？」

「これも例のウィキから引き写しの情報だけどナ。通路が入り組んでて中央部へのアクセスが悪い上に、北のフィールドはモブの湧(わ)きが悪いんだト。だから待ち合わせにこっちを選んだんだヨ」

「ははあ……つっても、一人もいないってのは……」

「あのなキー坊、この世界にコンバートさせられたＡＬＯプレイヤー、いやザ・シードゲームのプレイヤーが、全員プレイを継続(けいぞく)してるわけじゃないんだゾ。オレっちの想像じゃ半分以下……三分の一くらいかもナ。それ以外のプレイヤーは、大人しく事態が収拾(しゅうしゅう)されるのを待ってるんダ。ＡＬＯの領主たちも含(ふく)めてナ」

「………」

言われてみれば、それが常識的対応なのかもしれない。ユナイタル・リング事件はまさしく《事件》──プレイヤーがそれぞれのゲームの運営企業(きぎょう)に月額料金を払(はら)っていることを思えば犯罪的な異常事態であり、真偽(しんぎ)不明のアナウンスを信じて《極光の指し示す地》を目指そうとするのはよほどの楽観主義者(オプティミスト)か、利己主義者(エゴイスト)か、ゲーム中毒者(アディクト)な人間だけだ。

つまり、これから潜入(せんにゅう)しようとしているのはそういう連中の集会なのだ。モクリやシュルツのような、ひと言で表現すれば《本気すぎる奴(やつ)ら》。

いつしか足を止めてしまった俺を、少し前方でアリスとアルゴとクロが黙(だま)って待っている。

「あ……悪い」

小声で謝って歩行を再開する。

半ば崩れたゲートをくぐると、少し体感温度が下がった気がした。石畳の広い道は、ほんの十メートルほど先で新たな壁にぶつかり、左右に分岐している。

「こっちに良さそうな空き家があったはずダ」

そう言って先導するアルゴを、俺とアリスとクロは無言で追いかけた。

スティス遺跡の家々は、幾重にも連なる城壁の内側に張り付くように建っていた。この構造では日当たりが最悪だと思われるが、まさかそれが理由で街が滅んだわけでもあるまい。

建物自体はヨーロッパの古都を思わせる石造りの立派なアパートメントだが、そのほとんどが城壁と同じく無残に崩壊している。そういう廃屋は内部に虫系や小動物系のモンスターが巣くっているらしいので、近寄らずに先を急ぐ。

アルゴに案内された家は、屋根に大穴が開いているが玄関扉と階段は無事で、二階に使える部屋が一つだけあった。アリスとクロにはそこで待機してもらい、俺とアルゴは遺跡の中心部に向かう。

入り組んだ通路を右に左に曲がっているうちに俺はすっかり方向感覚を失ってしまったが、アルゴは何らかの特殊能力でも持っているのか、惑うことなく足早に歩き続ける。体感で六、七百メートルも進んだ頃、前方に水路が現れた。そこがある種の境界線になっていたようで、崩れかけた橋をおっかなびっくり渡った途端に周囲の雰囲気が変わる。

通りには鋳鉄のかがり火台が等間隔に置かれ、橙色の炎を揺らめかせている。さらに進むと通りの左右に小規模な露店がぽつぽつと現れ、NPCやプレイヤーの姿も増えてくる。ユナイタル・リングはSAOと違って視線をフォーカスしただけではカーソルが出ないが、NPCは病的に青白い肌をしているし服装も古代ローマ風の貫頭衣なのでそれと解る。露店の売り物は低級な素材アイテムばかりで、銃弾や火薬は見当たらない。

「……バシン族はえらく健康そうだったのに、この街のNPCはずいぶん顔色が悪いな……」

思わずそう呟くと、隣を歩くアルゴがひょいと肩をすくめた。

「そりゃまあ、こんなとこに住んでたらなまっちろくもなるダロ」

「そもそも人種からして違う感じだぞ。ここのNPCは何族なんだ？」

「さあ……話しかけても、ほとんどのNPCは何言ってるのかさっぱり解らないんだヨ。例外はショップの店主くらいだナ」

「あー、なるほどね……」

そこはバシン族やパッテル族と同じということか。シノンによれば、言葉が通じるNPCから何らかの単語を教わり、その発音を繰り返すことでそれぞれの言語スキルを習得できるらしい。

いずれは全種族の言語を操れるようになりたいものだが、いったいどれくらいの時間が必要なのやら……と考えながら歩いていくと、露店に交じって小規模な商店が現れ始めた。道具屋、薬屋、それに武器屋。

「ちょっとあの武器屋覗いてみていいか？」

「あそこはもうチェック済みだヨ。銃はもちろん弾も火薬もなかったゾ」

「……まあ、そうだよな」

これはやはり、ギヨル平原に火薬の材料を採りに行くことになりそうだと覚悟し、歩き続ける。ささやかな商店街は五十メートルほどで終わり、行く手に立派なアーチが見えてくる。

それをくぐった先が、どうやらスティス遺跡の中心部のようだった。

円形の広場は城館や教会といった大型建造物に囲まれ、真ん中にはローマのコロッセオめいた石造りの競技場が鎮座している。無数のアーチが並ぶ外壁は例に漏れず半ば崩壊しているが、内部からは何やら大勢の人間の気配が伝わってくる。

「……合同懇親会とやらの会場はあそこか？」

「あそこダ」

頷いたアルゴが俺の耳に顔を近付けて、最小ボリュームの声で続けた。

「いいカ、誰かにどこのチームに入ってるのか訊かれたら《アナウンスちゃんファンクラブ》って言っとけヨ。そこがいちばんユルい集団でメンバー管理も雑だから、そうそうバレないはずダ」

「ははあ……念のため確認しとくけど、アナウンスちゃんってのは初日の猶予期間が終わった時に聞こえた声の主のことだよな？『全てを与えましょう』の人」

「オレっちはその声、聞いてないっつーノ」

「あ、そうか……」

しかし、ユナイタル・リングでシステムアナウンスらしきものが流れたのはあの時だけなのだから、俺の推測で間違いあるまい。確かに魅力的な響きの声ではあったが。

「……声だけでファンクラブを作るとは上級者な奴らだな。まだ声の主が人間なのか神なのか悪魔なのか、そもそも人の形をしてるのかも定かでないのに」

「そこがいいんだロ。知らんケド」

適当すぎるコメントを口にすると、アルゴはすたすた競技場へと歩き始めた。

磨り減った石畳の広場を横切り、メインゲートへ。薄暗い通路を抜けると、観客席ではなくアリーナに出る。

直径五十メートルの空間には、アルゴの情報どおり百人近くのプレイヤーがたむろしていた。ほとんどは布装備だが、レザーアーマーやチェインメイルを身につけている者も見受けられる。デザインの感じからして、この世界で作成した防具ではなくALOからの引き継ぎ品だろう。この百人がALOコンバート組のトップ集団なら、まだ鉄器文明に辿り着いている者はいないということになる。

アリーナの北側には石造りのステージがあり、たくさんの篝火がセッティングされていた。あそこに主催者が登場するのだろう。俺とアルゴは反対側の壁際に陣取り、開始の時を待つ。幸い、他のプレイヤーたちは仲間との情報交換に夢中でこちらに注意を向けてくる様子はない。

「……アルゴ、SPとTPは大丈夫か？」

念のために確認すると、情報屋はさっと視線を左上に振った。

「ンー、水はそこらの井戸で汲んだのを持ってるケド、食いもんはちょっと怪しいかナー」

「ほれ」

俺はポーチからバイソンジャーキーを二本取り出すと、片方をアルゴに渡した。

「ありゃ、悪いナ」

と言って受け取りはしたものの、口に運ぼうとはしない。

「ウーム、相手がキー坊でも、タダでなんかもらうのは慣れないナァ」

「慣れろって。小さい貸し借りを気にしてたら仲間なんてやってられないぞ。この世界じゃ、飢えと渇きで簡単に死ぬからな……水と食料は共有財産だと思おうぜ」

「仲間かァ。ウヒヒ、なんかこそばったいナァ」

恐らく「こそばゆい」と「くすぐったい」が混ざったのであろう怪しい形容詞を口にすると、アルゴはようやくジャーキーを囓った。俺もがぶりと嚙みつく。ギヨル平原で戦ったバイソン肉の風味は慣れ親しんだ牛肉に近く、トゲバリホラアナグマの肉に比べると野趣には欠けるが食べやすい。

顔には出さずとも腹は減っていたようで、アルゴはあっという間に食べ終わると、腰の布袋から細長い木の実のようなものを出した。円筒形のヘタをキュポッと引き抜き、口をつける。どうやら中に液体――水が入っているようだ。

「……な、何なんだそれ？」

飲み終わるまで待ってから聞くと、アルゴは再びヘタで栓をしながら答えた。

「この広場から少し南に行ったところに井戸があっテ、その横っちょに生えてる木の実だヨ。井戸を管理してるNPCがプレイヤーに一個ずつくれて、水筒代わりに使えるんダ……容量は少ないけどナ」

「へぇ……まあ、確かに水の容器を手に入れるのも楽じゃないからな……」

感心しつつ、俺もストレージからアスナが作った素焼きの水筒を実体化させ、水を飲んだ。容量は木の実の三倍ほどもあるだろうが、重いし割れやすいのでポーチの中に入れっぱなしにはできない。いずれ革か何かで軽くて丈夫な水筒を作りたいところだが、いまは他に優先すべきことがたくさんある。

そんなことをしているうちに、時刻が夜十時に近付いた。集団の前方がざわめいたので視線を向けると、石のステージに続く階段を四人のプレイヤーがぞろぞろ上っていく。

先頭はスタデッドアーマーと片手剣を装備した長身の男、二人目はスケイルアーマーの腰にシミターを佩いた男、三人目の男は布防具だが背中に大ぶりな両手剣を装備し、四人目は白いフードを被った細身の……女性、だろうか。五十メートル近く距離があるので、顔までは視認できない。

「なあ、もうちょっと前に行こうぜ」

アルゴにそう囁きかけつつ壁から離れようとしたのだが、右手で制止されてしまう。

「声が聞こえりゃいいダロ。目立つことはやめとケ」

「…………ハイ」

この手の潜入作戦に慣れているはずの情報屋にそう言われてしまえば従うしかない。せめて言葉は聞き逃すまいと、懸命に耳をそばだてていると。

「ヘイガイズ、そろそろ始めよう！」

最初にステージに上ったスタデッドアーマーの男が、よく通る声を響かせた。

「オレはこの懇親会の発起人で、《絶対生き残り隊》を主宰しているホルガーってもんだ！こんなに集まってくれてメニメニサンクス！」

名前に聞き覚えはない。——のだが、俺はなぜか懐かしい気分に襲われ、すぐにその理由を悟った。

浮遊城アインクラッドの一層北部にあったトールバーナという街にも、規模はずっと小さいがこことよく似た円形劇場のような施設があり、そこで最初のフロアボス攻略会議が開かれた。

音頭を取ったのはディアベルという片手剣使いで、彼も通りのいい声で陽気な自己紹介をしたのだ。

——オレはディアベル、職業は気持ち的にナイトやってます！

陽気なその宣言に、集まったプレイヤーの中から「ほんとは勇者って言いてーんだろ！」と突っ込みが飛び、どっと笑い声が上がった。たったひと言で参加者たちの緊張を解きほぐしたディアベルに、強いカリスマ性を感じたのを憶えている。

考えてみれば、隣にいるアルゴは、最初はディアベルの代理人として俺の前に現れたのだ。要求は、当時の我が愛剣アニールブレード＋6を買い取りたいというもの。最終的に三万コル近い大金を積まれたのだが、俺は頑として要求を拒否し通した。

いまでもたまに思うことがある。もし俺が剣を売っていれば、ディアベルは無理やりフロアボスのラストアタックボーナスを取りに行こうとせず、死ぬこともなかったのだろうか……と。

刹那の感傷を振り払い、ステージから届いてくるホルガーの声に耳を澄ませる。

「会の実現に協力してくれたナイスガイたちを紹介するぜ！　まず、《雑草を喰らう者ども》のリーダー、ディッコス！」

シミター男が両手を高く掲げ、拍手が湧き起こる。

「続いて、《アナウンスちゃんファンクラブ》のリーダー、ツブロー！」

両手剣使いへの拍手はやや少なめだったが、代わりに多くの野太い歓声や野次が飛んだ。

「そして《仮想研究会》のリーダー、ムタシーナ！」

一瞬、「誰？」と途惑うような空気が流れる。だがそれも、ムタシーナというプレイヤーがフードを外すまでだった。長い黒髪がふわりと流れ、真っ白い肌が露わになる。この距離からでも、相当な美貌であろうことが雰囲気で解る。

参加者の九割以上を占める男プレイヤーたちが、いままでで最大の拍手と歓声と口笛を鳴り響かせた。ムタシーナは愛嬌たっぷりに両手を振り、いっそう会場を沸かせる。

騒ぎが落ち着くと、再びホルガーが前に出た。

「今日は、このメンツで仕切らせてもらうぜ！　残念ながら、チーム《フォークス》はゆうべ全滅したって話なんで不参加だ！」

途端、アリーナがどよめきに包まれた。俺もそのチーム名は初耳だ。思わずアルゴを見たが、瞳をくるりと回すだけで何も話そうとしない。

会場のあちこちから投げかけられた説明を求める声に、ホルガーは少々歯切れの悪い口調で答えた。

「いやー、オレも詳しいことは知らなくてさぁ。昨日の夕方に《フォークス》のメンバーと、あと何人か誘って遺跡を出たらしいんだけど、どっか北のほうで集団戦して負けたんだとさ」

その説明を聞いた近くのプレイヤーたちが、口々に囁き交わす。

「北ってことはバシン族か？」

「あいつらヤバイからな……。バシン族は、猶予期間中に引き継ぎ装備と引き継ぎスキルアリで挑んだ奴らも全員返り討ちだったんだぜ」

「そんなこと、フォークスの連中だって知らねーわけねぇのにな。なんでいまさら危ねー賭けに出たんだか……」

そんな会話に耳をそばだてているうちに、何やら嫌な予感がむくむくと頭をもたげてきたが、俺はそれを無理やり押さえつけてステージに視線を戻した。一歩前に出たホルガーが、スタデッドアーマーの鋲に篝火の炎をきらきら反射させながら叫ぶ。

「ともかく！　いま言えるのは、このユナイタル・リングは一筋縄じゃいかねーってことだ！　今夜で事件発生から三日も経つけど、まだユーミルからは復旧の見通しも出やしねえ！　なら、オレらＡＬＯ組が《極光の指し示す地》とやらに一番乗りして、中から事件を解決してやろうぜ！」

おー！　とか、そうだそうだ！　と威勢のいい声が広い競技場を満たす。

俺もアスナたちも、隣のアルゴだって一応《ＡＬＯ組》なのだから目指すところはこの場のプレイヤーたちと同じだ。初日に戦ったモクリたちのように抜け駆けを目論むつもりはないし、彼らと協力できるならそうすべきだろう。森の中に町を作ったのも、スティス遺跡を旅立ったＡＬＯプレイヤーたちに、最初の中継地点として認知してもらえれば……それによって三度目の攻撃を防げれば、という意図があったからだ。

——なのだが。

押さえつけても消えてくれない予感を抱えたまま、俺はホルガーの新たな発言を待った。

会場の興奮が収まると、のっぽの片手剣使いは再び陽気な調子に戻して言った。

「今夜の懇親会の趣旨は、協力プレイに合意した四チームの親睦と情報交換だ！　飲みもんと食いもんも用意してあっから好きなだけTPとSPをチャージしてってくれ！　もちろん食材はウサギ肉とそのへんの草と適当な木の実だけだけどな！」

再び歓声。ステージの左右にある通路から、大工スキルで造ったとおぼしき木製のワゴンが何台も運び込まれてくる。ホルガーは卑下していたが食材はちゃんと料理されていて、大鍋や大皿からは香辛料の魅惑的な香りが漂ってくる。

「……スパイスとかどこで手に入れたんだろ？」

「市場の露店とかで売ってるみたいだぜ」

アルゴの返事に、帰りに買っていこうと決意する。現金はシノンから預かった金しか持っていないが、ストレージに貯まっている素材アイテムを売れば多少は稼げるだろう。

それはそれとして目の前の料理も気になるのだが、潜入している身でタダ飯をがっつくのは図々しさの極みというものだ。とりあえず、ALOコンバート組の《本気な奴ら》の雰囲気や陣容は摑めたので、これで満足しておくことにする。

「食ってかなくていいのカ？」

ニヤニヤしながらアルゴが訊いてくるので、俺は仏頂面で答えた。

「お前の《キリトは仮想世界だと食い意地張ってる説》を証明する気はないからな。大騒ぎしてるうちに抜け出そうぜ」

「了解。まあ、露店で食いもん買い込むくらいならいいんじゃねーノ。アリっちとクロっちもハラ空かせてるだろうシ」

「ではそうしよう」

未練を断ち切り、入ってきた通路へと移動し始めた、その時。

突然、足許の石畳が青紫色に光った。

「オア!?」

「何だ!?」

アルゴと二人、思わず叫んでしまう。だがその声は、百人ぶんの驚声に掻き消される。予定されていたイベント等ではないらしい。

つま先立ちになりながら地面を注視すると、光っているのは敷石そのものではなく、石の上に出現した複雑なテクスチャーだ。無数のリングや模様、記号が組み合わされたそれは、どう見ても――。

「魔法陣……？」

呟きながら、光のラインを辿ってアリーナの中央に目を向ける。そこにはひときわ強く輝く巨大な紋章が出現していて、あそこが魔法陣の中心らしい。すなわち、直径五十メートルもの広さがある円形のアリーナを、同サイズの魔法陣がすっぽり呑み込んでいるのだ。ALOなら《大魔法》、あるいは《極大魔法》と呼ばれるほどの規模。

突然、中央の紋章が生き物のように蠢き始めた。うねり、波打ち、渦を巻いて盛り上がる。たちまち高さ十メートル以上にもなった光の柱は、ばらりとほどけて奇怪なシルエットを作り出す。

無数のトゲを生やした細長い頭。絡まり合ってのたうつ長い髪。肘が二箇所もある四本の腕。痩せ細った女性型の上半身と、触手状の下半身。

邪神としか形容できない姿の怪物は、四本の腕を高々とかざし、人ならざる言葉で何ごとかを叫んだ。広げられた掌が、青黒い光の球を生み出す。

——魔法、どんな、誰が、なぜ、どこで。

スパークめいた思考が次々と瞬く。これはどう見ても悪意に満ちた魔法だ。術者を攻撃し、ファンブルさせるのが最善の対応だろうが、この人混みでは簡単には見つけられない。

「キー坊、逃げるゾ！」

アルゴが叫び、北の出入り口目指して走り始めようとした。だが俺は直感的に間に合わないと判断し、フーデッドマントの襟首を摑むと自分の後ろに押しやった。剣を抜きざま、

「隠れてろ！」

と叫び返したその刹那、邪神の掌から大量の光弾が発射された。

ギイイイイッ！　という耳障りな音を放ちながら飛翔した光弾は、空中に複雑な軌道を描き、恐慌状態のプレイヤーにも、立ち尽くすプレイヤーにも、回避しようと試みたプレイヤーにも次々と命中していく。かなり高度な自動追尾性能。喰らった者がすぐに倒れる様子はないが、何らかの阻害か遅延ダメージを与えられたはずだ。

その効果を我が身で確かめるのは真っ平御免。俺は愛剣を構えながら、迫り来る二発の光弾を見据えた。回避は不可能、鎧で防御もできまい。

だが、もしもこの世界の魔法にALOと同じロジックが与えられているなら、対処はできる。俺がアルヴヘイムで開発し、磨き上げたシステム外スキル、《魔法破壊》。

ALOの魔法——術者から発射された光の塊は、原則として実体を持たない。剣でも盾でも防御は不可能だが、魔法の中心のたった一ドットに特殊な《当たり判定》があり、そこに物理以外の属性を持つ攻撃を正確にぶつけることで破壊できる……こともある。

ユナイタル・リング世界にはなぜかSAO由来のソードスキルが存在するが、ALO由来の属性ダメージが追加されているのかどうかはまだ未確認だ。だがいまは、そうだと信じるしかない。

斜め上空から降り注ぐ光弾を凝視しつつ、俺は二連撃ソードスキル《バーチカルアーク》を発動させようとした。だが。

光弾は単純な放物線を描かず、ナックルボールの如く不規則に揺れている。これでは二連撃ソードスキルで両方破壊するのは不可能に近い。片方を諦め、単発スキルで一方を破壊することに全力を尽くすべきだ。

咄嗟にそう判断した俺は、ソードスキルを《ソニック・リープ》に切り替え、降り注ぐ光弾の片方を狙って跳躍した。この技は、ALOでは物理属性に加えて風属性ダメージを与えられている。ユナイタル・リングでも同じであると信じて、光弾の中心一点を——

「おおッ！」

短い気合いとともに切断する。

途轍もなく小さくて硬い粒が砕ける感覚。青黒い光弾が、粘度の高い液体のように飛び散る。だがもう一つの光弾は、空中で鋭角にターンすると俺の首筋あたりに命中した。

熱感とも冷感ともつかない異様な感覚が首を包む。まるで、透明な悪魔の手に首を絞められているかのような。歯を食い縛りつつ着地し、振り向く。

「アルゴ、無事か⁉」

壁際に立ち尽くしていたアルゴは、見開いた両目でしばし俺を見詰めてから、かすかな声で返事をした。

「オレっちは無事だケド……キー坊、オマエ……」

「話はあとだ、いつでも逃げられる場所に行くぞ！　術者にいまの魔法破壊を気付かれてたらまずい！」

「…………解ッタ」

　頷いたアルゴと一緒に、上体を屈めて小走りに移動する。出入り口の脇で止まり、状況を確認する。

　ちょうど、アリーナの中央にそびえ立つ邪神が夜気に溶けるように消えていくところだった。地面の魔法陣も回転しながら縮小、消滅する。倒れたワゴンや散乱する食べ物のあいだで、プレイヤーたちは呆然と立ち尽くしたり、腰を抜かしたりしている。

　やがて、誰かが言った。

「お前、首……」

　それをきっかけに、誰もが隣のプレイヤーのあご下を覗き込んだり、自分の首筋を触ったりし始める。思わず一番近くに立っている男の首を眺めると、何やら黒い輪っかのようなものが嵌まって――いや、違う。肌に直接、リング状の模様が描き込まれているのだ。

　反射的に自分の胸元を見下ろすが、首は視界に入らないし鏡も持っていない。アルゴを見ると、強張った顔で頷き返してくる。どうやら俺の首にもリングが存在するようだ。しかしいまのところ、HPもMPもTPもSPも減っていないしアバターに異常も感じない。いったいどんな効果のデバフなのか。そもそも、現時点で使える魔法にしては規模が大きすぎないか。

「お前……何のつもりだよ⁉」

突然、そんな叫び声がステージ方向から届いてきた。見ると、ホルガー、ディッコス、ツブローの三人が、鞘から抜いた剣を紅一点のムタシーナに向けている。

「ムタシーナ、お前言ったよな！　景気づけにデカいバフぶちかますって！　でもこれ、どう見てもデバフだろうが！　冗談にしてもぜんぜん笑えねーぞ！」

ホルガーにそう糾弾されても、ムタシーナに怯む様子はなかった。いつの間にか握っていたロングスタッフにしどけなく体を預け、落ち着いた声を返す。

「冗談ではありませんよ、もちろん。全て予定されていたことですから」

「予定されていた……だと⁉　じゃあ、懇親会への参加をＯＫしたのは、最初からオレたちにいまの魔法を掛けるためだったってのか⁉」

「そう言ったじゃないですか。こんな無意味な集まりに参加する理由が、他にあるはずないでしょう？」

その言い草に、会場のあちこちからも怒りの声が投げかけられた。

「ふざけんなよ！　とっととこのクソ魔法を解けよ！」

「百人敵にして勝てると思ってんのか⁉」

それらの罵声に背中を押されたかのように、ホルガーが一歩前に出る。

「聞いただろ、いますぐデバフを解除しろ。さもなきゃ、もう一つの方法で解除するぞ」

《もう一つの方法》が、施術者を殺すことであるのは疑いようもない。ホルガーの合図で、ディッコスとツブローが左右からムタシーナを挟み込む。アリーナの参加者たちもステージ前へと詰めかける。

それを見て、ふと思う。この会場には、ムタシーナがリーダーを務めるグループ、確か……《仮想研究会》のメンバーもいたはずなのだ。彼女は自分の仲間にもデバフを掛けたのか？それとも、魔法を発動させる前にメンバーだけを退避させたのか……？

疑問の答えは得られそうにない。デバフの効果が何であれ、あの距離からの同時包囲攻撃を止めることは不可能だろう。恐らくムタシーナはここで殺され、大きな疑問を残したままユナイタル・リング世界から退場することになる。

「……そうかよ、だったらこっちも好きにするぜ！」

ホルガーが叫び、片手剣を振りかぶった。まったく同じタイミングで、ツブローの両手剣とディッコスのシミターもソードスキルの輝きを放つ。

ムタシーナは平然と立ったまま、右手のロングスタッフを高く持ち上げ——勢いよく地面に突き立てた。カアァァ——ン！　と甲高い音が響き渡った、その瞬間。

突然呼吸ができなくなり、俺は地面に膝をついた。

まるで気道に粘着物が隙間なく詰まったかのような感覚。両手を首に押し当て、懸命に息をしようとするが、空気を吸うことも吐くこともできない。パニックに襲われつつ前を見ると、ステージ上のホルガーたちも、アリーナの百人近いプレイヤーも、残らず地面にうずくまって苦しんでいる。集団がぼんやりと青く光って見えるのは、全員の首のリングが青紫色に輝いているからだ。恐らくは俺の首も。HPバーに視線を移すと、減ってはいないが右側に首を絞める両手を図案化したデバフアイコンが点灯している。

「キー坊！」

アルゴが飛びついてきて、背中を何度も叩いた。だが喉の異物感は消えない。十秒、二十秒……自分の中のパニックが濃くなっていくのを感じる。現実世界の肉体も呼吸が止まっているとしか思えない、リアルすぎる窒息感覚。だがそんなことが有り得るのか。アミュスフィアに施されている何重ものセーフティを無効化してユーザーの呼吸を止められるなら、それはもうデスゲームSAOの再来だ。

俺は懸命に右手を動かし、リングメニューを呼び出そうとした。この苦しみから逃れる方法はログアウトしか思いつかない。何度か失敗してからようやくメニューを出すことに成功し、八つあるアイコンの中からシステムメニューを開こうとした、その時。

再び、カアアア――ン！　という音が響いた。

気道の閉塞感が嘘のように消え失せる。地面に突っ伏したまま、貪るようにアバターの肺へ空気を送り込む。

数秒後、どうにか恐慌状態から脱した俺の肩を、アルゴがぐいっと抱え上げた。

「大丈夫か、キー坊⁉」

「あ……ああ、大丈夫」

掠れ声で答え、デバフアイコンが消えていることを確かめてから、彼方のステージを見上げる。

ホルガー、ディッコス、ツブローの三人も、這いつくばったまま動きを止めていた。彼らの中央に悠然と立つムタシーナの姿に、俺は少し——ほんの少しだけ、アンダーワールドの人界を支配していた公理教会最高司祭アドミニストレータを重ねてしまった。百人の呼吸を止めてのたうち回らせたのに、昂ぶることも臆することもなく、淡い微笑を浮かべたままでいられる精神力はまったくもって只者ではない。

「さて、もう解ってもらえたでしょうか？」

ひらりと左手を動かし、ムタシーナは涼やかな声でホルガーたちに語りかけた。

「この場の全員に掛けたのは、《忌まわしき者の絞輪》という魔法です。効果はいま体験していただいたとおり……いったん術が成功すれば発動範囲は無限、持続時間は永久です」

その言葉を聞いた途端、会場のプレイヤーたちから恐怖に満ちたどよめきが上がった。俺の喉からも、「嘘だろ……」という呟きが零れた。

無限？　永久？　つまりこれからは、ムタシーナがあの杖で地面を突くたび、この場のプレイヤーは全員、どこにいようと息ができなくなってしまうということなのか？

どよめきは少しずつ大きくなっていったが、ムタシーナがロングスタッフを軽く持ち上げただけでぴたりと止まる。

「でも、安心してください。私は決して、皆さんをいたぶるために魔法を掛けたわけじゃないんですよ。このゲームをクリアしたいのは私も同じ……そのために、最善の道を追求したいだけなんです」

「……最善だって？」

両手剣使いのツブローが、よろよろと立ち上がりながら果敢に問いかけた。

「こんなクソ魔法で仲間を脅迫するのが最善の選択だってのか？　会場にはあんたの、《仮想研究会》のメンバーもいるんだろう？」

「仲間……？」

そう繰り返すと、ムタシーナはクスッと小さく笑った。

「あなたたちがこの場所に集まった理由は、たまたま一時的に利害が一致したからでしょう？断言しますが、いま協力を約しても、ゴールが近付けばまずチーム間に争いが生まれ、その後はチーム内で殺し合うことになりますよ。しかし、少なくとも私の魔法が働いているあいだはそのような事態は回避できます。……ね？　クリアを目指すならこれが最善、最高効率な手段でしょう？」

無邪気とさえ思える口調で発せられたその言葉に、ツブローは何も言い返せないようだった。代わりに、座り込んだままのディッコスが叫ぶ。

「……んなわけあるか！　俺らは……俺とホルガーとツブローは、お互いを信頼してるんだ！

最後はレースになるにしても、裏切ったり殺し合ったりなんて絶対にしない！　ギリギリまで助け合って、ヨーイドンで正々堂々ゴールを目指して、勝った奴を祝福する……ゲームって、ＶＲＭＭＯってそういうモンだろ⁉」

「ふふ……ふふふふ」

ムタシーナが、華奢な肩を揺らして笑った。

「ふふ、ふふふふ……ごめんなさい、あんまりおかしなことを言うものだから。——信頼？　祝福？　この世界に……いえ、仮想世界にそんなものがあると、本気で思っているんですか？」

軽やかだったムタシーナの声が、不意に氷のような冷ややかさに包まれた。

「——あるわけないでしょう」

漆黒の瞳で、広場のプレイヤーたちを睥睨する。

「仮想世界では……少なくともザ・シード規格のＶＲＭＭＯでは、信頼だの愛情だの救済だのは全部ただの幻想なんですよ。本当に存在するのは憎しみ、裏切り、欺瞞や絶望だけ。だってあらゆるフルダイブ型仮想世界のオリジンは、あのソードアート・オンラインなんですから。四千人ものプレイヤーが恨みを残して死んだ、この世の地獄」

——勝手なことを言うな！

と叫びそうになり、俺は思い切り歯を食い縛った。

アインクラッドでは、確かに膨大な数のプレイヤーが命を落とした。一人の人間が引き起こした事件の犠牲者数としては、間違いなく世界の犯罪史上最大だろう。だが決して、あの世界に存在したのは憎しみや絶望だけではない。もしそうならば、アインクラッドで出会ったアスナやシリカ、リズ、クライン、エギル……そしてアルゴと、どうしていまも一緒にいることができよう。

だが、俺のそんな思いを嘲笑うかのように、ムタシーナは冷気をまとう声を響かせ続けた。

「SAOで生まれた闇は、広大なザ・シード連結体にばらまかれ、増殖してきた。そしていま、無数の世界はもういちど一つになった。このユナイタル・リング世界で、闇は再び凝縮され、圧力が限界を超えた時、新たな何かが……恐らくはより深く、より暗いものが生まれる。私はそれを見たいだけなんです」

そう言い放ったムタシーナは、思い出したかのように付け加えた。

「……もちろん、この場所には仮想研究会のメンバーもいます。彼らは《忌まわしき者の絞輪》に巻き込まれることに同意してくれました。いままでの言葉と矛盾するけど、私と彼らの間には揺るぎない信頼関係が存在するのです。だから、あなたたちともそうなれると、私は信じています」

重い沈黙が、十秒以上も続いた。

それを破ったのは、ステージ上にべたりと座り込んだホルガーだった。

「あんたは……オレたちに、いったい何をさせたいんだ？」

「さっきから言ってるじゃないですか。みんなで仲良く力を合わせて、このゲームのゴール……《極光の指し示す地》を目指しましょうって」

まるで運動部の部長のような口調でそう告げると、ムタシーナは短く笑って続けた。

「まあ、そうは言っても具体的なロードマップは必要ですよね。安心してください、最初の目標はもう決まっています」

「目標……？」

「ホルガーさん、あなた最初の挨拶で、チーム《フォークス》がゆうべ全滅したって言いましたよね。彼らを殺したのはボスモンスターでも、バシン族でもないんですよ。この遺跡の東を流れる《マルバ川》のずっと上流にある大きな森で、他のチームの拠点を襲撃して逆に負けたんです」

プレイヤーたちが再びどよめくのを聞きながら、俺はムタシーナが大魔法を使う前に感じていた嫌な予感が事実となったのを悟った。

フォークスというチームは、昨夜ログハウスを攻めてきたシュルツの一団のことに違いあるまい。そして、このタイミングでムタシーナがそれを持ち出す理由はおそらく。

「あなたたちにはまず、そのチームを潰していただきます」

「……なんで潰すんだ？　そいつらにもこの首絞め魔法をかけて手下にすればいいだろう？」

ディッコスの指摘に、ムタシーナは軽く肩をすくめた。

「《忌まわしき者の絞輪》を成功させるのは簡単じゃないんですよ。ジェスチャーも長いし、魔法陣が目立ちますから。宴会の余興で派手な支援を掛ける、みたいな他愛ない嘘が通用する相手と状況じゃないと無理でしょうね」

憮然とするホルガーたちに、黒髪の魔女はひときわ優しく語りかけた。

「そんな顔をしないでください。あなたたちが愚かなのではなく、今回の敵が手強いのです。なぜなら北の森……ゼルエテリオ大森林に陣取っているのは、あの《黒の剣士》キリトの一団なのですから」

6

夜十時四十分。

予想外の展開を辿った懇親会が解散になり、俺とアルゴは人混みに紛れて競技場を出た。ちょっと様子を窺って早めに離脱するつもりが、最初から最後まで見届けざるを得なかったので、アリスとクロが待ちぼうけているだろう。すぐに戻りたいところだが、せめてショップくらい利用しなくてはデバフの掛けられ損だ。

通りすがりのプレイヤーに買い取り屋の場所を教えてもらい、市場の片隅にある商店に入る。体格はいいのに顔色は悪い初老の店主に、ストレージに入れっぱなしになっていたハイエナやバイソンやイモリの皮だの骨だのを見せると、提示された買い取り金額は3エル78ディムという数字だった。

「………3エル？」

アルゴと二人、顔を見合わせてしまう。ハイエナはともかく、バイソン——正式名《ゲールケナガウシ》はギヨル平原に出没するモンスターではかなり上位だったし、大壁ダンジョンのイモリやアホロートルも決して弱敵ではない。なのにこの金額？　という不満を読み取ったかのように、店主が言った。

「おいおい、これでも色を付けとるんじゃぞ。どれもこのあたりじゃ稀少な素材じゃからな。とはいえ生皮じゃあこのへんが限界ってもんじゃ」

「あー、自分でなめしてから売ればもっと高いのか……」

いったん引き取ってなめしてこようかと思ったが、どんな道具が必要なのか、どういう手順なのかまるで解らないし、この街を再訪できるのがいつになるのかも不明だ。うーむうーむと唸っていると、店の隅で売り物素材の棚を見ていた革装備の男が振り向いて言った。

「おいニーチャン、3エル78ディムってすげぇ大金だぞ？　俺が十個1ディムのこの素材を買うかさっきから迷ってるってのに」

……NPC？　プレイヤー？　と迷っていると。

「つーかそんな上等そうな毛皮、どのへんでゲットできるんだ？　近くに穴場スポットがあるなら、3ディムで情報売らない？」

プレイヤーだと判断し、肩をすくめる。

「いやー、あんま近くないよ。アインクラッドの落下地点のもっと北だから」

「うっへ、そんな遠くまで行ってんのかよ！　てことは、しょぼい格好してんのに攻略組サマか」

「こ……攻略組？　そんな呼び方してるのか？」

「最初はガチ勢とかスタダ組とかトッププレイヤーとか色々言ってたけど、いつのまにかな。

つーかさっき、攻略組連中がコロシアムで集会してたろ？　大騒ぎしたあと急に静かになったけど、何かあったのか？」

反射的に首を触りそうになり、どうにか堪える。

「いや……俺はちょっと覗いたくらいだから。助言サンキューな」

「おう」

再び棚のほうに戻っていく男から、店主に視線を移す。

「さっきの金額でいいよ」

「よしきた。交渉成立だ」

じゃりーんというサウンドが響き、カウンター上の素材アイテムが消滅するとともに視界に【1エル黄銅貨×3、1ディム銅貨×78】という獲得メッセージが表示された。

念のために店内を見回すが、銃弾や炸薬は見当たらない。店主に手を振って通りに出ると、ふうっと息をつき、北に歩き始める。

「いやあ……シノンの百エル銀貨ってえらい大金だったんだな。感覚的にはSAOの一万コルくらいじゃないか？　どこで手に入れたんだろうな」

隣に話しかけたつもりだったのに、答えが返ってこない。思い返してみれば、競技場を出てから同行者がやけに静かだ。

「おい、アルゴ？」

フードの奥を覗き込みながら名を呼ぶと、アルゴはぴたりと立ち止まった。やがて、掠れ声が力なく響く。

「……すまなかったなキー坊。オレっちをかばったせいデ、あんなクソッタレ魔法喰らうハメになっちまっテ……」

「なんだ、そんなこと気にしてたのか」

半秒ほど迷ってから、こいつは帆坂朋嬢ではなく《鼠》！　と脳内で宣言し、アルゴの首にがしっと右腕を回す。

「それを言ったら、俺は《アルゴの攻略本》にどんだけ助けられたか解らないぞ。SAO時代の借りに比べたら、こんなもんどうってことないよ。昔から言うだろ、明けない夜はないし、解けない呪いもないって」

「聞き覚えないケド、まぁ確かに魔法ならディスペルする方法があるはずだよナ」

俺の腕の下でこくりと頷くアルゴに、ふと思いついたことを頼み込む。

「あー、そんで、この魔法のことだけど……しばらく、アリスにもアスナたちにも黙っててくれないか？　話すのは、解呪のメドが立ってからにしたいんだ」

「相変わらずだナ、キー坊」

腕からするりと抜け出すと、情報屋はいつもの調子を取り戻したらしい顔と声で言った。

「オレっちからは言わないヨ。金を積まれたら解らんけどナ」

　手に入れたコインで屋台の食い物をあれこれ買い込み、井戸でタダの水を汲めるだけ汲むと、俺とアルゴはダッシュで北門近くの廃屋に戻った。入り口で鎧を着直してから中に入る。移動中にメッセージを飛ばしておいたが、念のために二回ノックしてからドアを開けた、その途端。

「遅いです！」

　というアリスの叱声と、

「ぐるおーん！」

　というクロの甘え声がステレオで響いた。飛びついてくる黒豹の首筋を撫でてやりながら、アリスに謝る。

「悪い悪い、予想外の展開でさ……」

「せめて、いつごろ戻ると連絡できなかったのですか？」

「あー……そっすね、次からはちゃんとします……。というか、留守番してるシリカたちにも連絡しといたほうがいいな……」

「私が先ほど、帰りは早くても零時ごろになると連絡しておきました」

「ど、どうもです。あの、これ、良かったら」

　ストレージから買ってきた食料品を取り出し、部屋の中央にある古ぼけたテーブルに並べる。屋台メニューなので高級感はないが、薄焼きパンを袋状に開いて焼いた肉と野菜を詰め込んだピタサンドのようなものや、長い串にこれでもかとぶつ切り肉を刺して香ばしく炙ったシシカバブーのようなもの、薄い生地でチーズとたまねぎを挟んでとろけるまで焼いたケサディーヤのようなものと、どれもなかなか食欲をそそる見た目と香りだ。

しかしアリスはそれらを見た途端、じろりと俺を睨み、

「キリト、お前まさか……」

「あ、違うよ、シノンのお金を使い込んだわけじゃないってば。自分が持ってた素材を売った金で買ったんだ。ほら、これは返すよ……残念ながら銃弾は見つからなかった」

預かった百数十エル入りの革袋を返すと、アリスはやっと表情を和らげた。

「中身については信頼しておきましょう。──そういうことなら、遠慮なく頂きます」

ケサディーヤを一口囓り、もぐもぐしてから「なかなかいけますね」と講評する。アリスはアンダーワールドでは人界四帝国の皇帝より偉い整合騎士だが、口が奢っているようなことはまったくなく、むしろ庶民的なメニューが好みのようだ。もちろん現実世界のマシンボディはものを食べる機能がないので食事は仮想世界でしかできないのだが、ALOではよくアスナにハンバーグやシチューやスパゲティをリクエストしていた。アスナはアリスのためにカレーやラーメンを再現するべく努力していたのに、それも今回の強制コンバートで中断を余儀なくされてしまったわけだ。

いつか現実世界でアリスと一緒に食卓を囲める日が来ることを願いながら、俺はシシカバブ

ーを手に取った。するとクロが頭で腰をぐいっと押してくるので、肉を串から外し、一つずつ食べさせてやる。

ふと思う。誰かが《極光の指し示す地》に到達し、ゲームがクリアされたら、ユナイタル・リング世界は消滅するのだろうか。その時はクロやアガー、ミーシャも消えてしまうのか。

「おいキー坊、食べないのカ？」

右手にシシカバブー、左手にケサディーヤを持ったアルゴに問われ、俺は顔を上げた。

「食べるよ、もちろん」

ピタサンドを掴み、口許に運ぶ。正直あまり食欲はないが、出発前にＴＰとＳＰをフル回復させなくてはならない。大口を開けてがぶっと囓ると、薄切り肉と生野菜の歯応えがリアルに伝わってくる。グラフィックだけでなく、味覚再生エンジンの性能も既存のＶＲ世界を大きく凌駕している。

いったい誰が何のために——という何度も繰り返した疑問を、俺はピタサンドと一緒に嚙み砕き、呑み込んだ。

北ゲートからフィールドに出た途端、俺は一つやり残したことがあるのに気付いた。

「あ……そうだアルゴ、お前《古代の怨霊》クエストの更新してないだろ？　いいのか？」

「いいヨ、そんな状況じゃなかったダロ」

アルゴが肩をすくめると、その向こうでアリスが言う。

「いったい何があったのです？」

「移動しながら話すよ」

視界内にプレイヤーがいないのを確かめてから、北東へと走り始める。

懇親会での出来事を、一点だけ省いて順に説明すると、アリスの表情が徐々に険しくなっていった。俺が口を閉じると同時に、怒りを隠さず叫ぶ。

「何なのですか、そのムタシーナとかいう女は！　私がその場にいれば、一刀のもとに斬り捨ててやったものを！」

「いやあ、あれは相当レベルが高いぞ。たぶん俺たちより上だと思う」

「関係ありません！　……しかし、他のプレイヤーが全員呪いを受けたのに、お前たちはよく無事でしたね」

省いたのはもちろん、俺だけは《忌まわしき者の絞輪》を喰らってしまったという事実だ。幸い、首許に焼き付いたリングは鎧の喉当てで隠せる。あとで打ち明けたら叱られるだけでは済まないだろうが、いま真実を伝えればアリスは遺跡に引き返してムタシーナを討ち取ろうとするだろう。

「まあ、ALOで魔法を斬る練習をたっぷりしてたからな」

そう答えながら、アルゴをちらりと見る。情報屋が「解ってるヨ」とばかりに目配せしてくるので、話を前に進める。

「それより問題は、ムタシーナに支配された百人以上の高レベルプレイヤーが、俺たちの町に攻めてくるってことだ。話し合いでどうにかなる状況じゃないからな……迎え撃つ準備をしなきゃならない」

「攻撃はいつなのです？」

「ムタシーナは、明後日……十月一日の夜って言ってた。二日かけて全員に最低でも《上質な革》の防具を揃えさせる計画らしいから、出発が遅れることはあっても早まることはないだろうな」

俺がそう答えると、アルゴが走りながら器用に首を捻った。

「でもキー坊、あの場にいた百人が攻撃に全員参加するかナ？　ムタシーナの窒息魔法は確かにとんでもないけど、ログアウトしちまえば何もできないだロ？」

「まあそうだけど……でも、ログアウトし続けるってことは、ユナイタル・リングの攻略から脱落するってことだぜ。あそこにいたのは攻略組、アルゴ風に言えばフロントランナーたちだ。ここで投げ出すくらいなら、ムタシーナに首根っこを摑まれたままでもゲームクリアを目指そうとするんじゃないかな」

「……確かにそうかもナ。ＳＡＯの攻略組連中は本物の命が懸かってるのにクリアを目指したんだからナ……」

「イカレた連中だったよな、まったく」

「誰が一番イカレてたか、当時の攻略組にアンケート取ってみたいヨ」

そんな話をしながら、草原をフルスピードで突っ走る。途中で何度か狩り集団の迂回を強いられたが、往路ほどのトラブルはなく、俺たちは川——ムタシーナは《マルバ川》と呼んでいた——に到着できた。

五割以上の確率で消滅していると思っていたのだが、丸木舟は俺がアンカーを打った場所にそのまま浮かんでいた。よくこんなもん造ったナァと感心するアルゴを船尾近くの腰掛板に座らせ、アリスはその前に、クロは往路と同じように船首に陣取る。アンカーを引っ張り上げ、櫂を倒すと、丸木舟は流れに逆らって進み始める。

あとは川をひたすら遡るだけでゼルエテリオ大森林に戻れる——と思いたいが、残念ながらそうはいかない。いくらも行かないうちに、往路でも聞いた、腹に響くような重低音が届いてくる。月明かりだけでは全容を摑めないが、アリスによれば落差三十メートルはあろうかという大瀑布だ。この丸木舟では……というより、どんな船でも上れるはずがない。

「舟はあそこまでだな……」

俺が呟くと、アリスが残念そうな声で応じた。

「そうですね。いったん岸に着けて、そこで素材に戻しましょう」

「アイアイサー」

いや、アリスは女性なんだからアイアイマームか、そもそもそんな言葉が通じるのか……などと考えつつ、俺は舵を右に切ろうとした。だがその直前。

「ちょっと待ッタ！　キー坊、舟を壊す前にすることがあるダロ⁉」

前方からそんな声が聞こえてきたので、ぱちくりと目を瞬かせる。

「なんだよ、することって？」

「おいおい、ゲーム世界にでかい滝があるんだゾ！　だったらすることは一つだろーガ！」

「……あー」

なるほどねと苦笑する。しかし、言うほど簡単なことではない。

「あのなあアルゴ、ゲーム世界っつってもリアル志向のＶＲＭＭＯだぞ。一歩間違えば舟ごとバラバラだぞ」

「間違わなきゃいーんだヨ。ほれ、全速前進！」

アルゴの無責任な指示に、クロまで「がうっ！」と同調する。まあ、舟はどうせ破壊しなくてはならないのだと覚悟を決め、俺は櫂を進行方向に戻した。

「え……何をするつもりなのです？」

アリスが不安そうな声を出すが、「まあまあ」と雑に誤魔化しつつ前進を続ける。

「でも、キリト、滝が」

「まあまあまあ」

「滝ですよ！」

「まあまあまあ」

そんなやりとりをする間に、丸木舟は広い滝壺に到達する。轟音を振りまく巨大な滝はもう目の前だ。

月明かりに照らされる滝を注視すると、左右は巨岩が迫り出していてとても回り込めないが、流れ落ちる瀑布の中央少し右側から一本の樹が突き出ていて、その真下は少しだけ水流が弱くなっているようだった。突っ込むならあそこしかない。

「よし、行くぞ！　しっかり掴まってろよ！」

両手で握った櫂を限界まで傾け、フルパワーで左右に漕ぐ。丸木舟はぐんっと力強く加速し、月光を受けて青白く輝く水簾へと突進していく。

「キリト！　無茶はやめなさい、奇跡は二度起きませんよ！」

アリスが言う一度目の奇跡は、往路でこの滝を舟ごとダイブしても無事だったことを指しているのだろう。正直俺もそんな気がしなくもないが、騎士様相手だとつい悪ノリしたくなってしまう。

「いいや、奇跡は起きる！　起こしてみせる！」

根拠なく叫ぶと、俺は最高速度に到達した丸木舟を、ごうごうと唸る大瀑布に突入させた。

まずクロが「がおおんっ！」と雄叫びを上げ、アルゴが「イヤッフー！」と叫び、アリスが

「きゃあああっ！」と悲鳴を上げた。

視界が真っ青に塗り潰される。凄まじい水圧が両肩にのしかかり、舟をぐぐっと沈ませる。船縁が滝壺の水面より低くなったら大量の水が流れ込み、舟は沈没する。

「ふぬおおおおっ！」

やめときゃよかった！　と早くも後悔しながら、俺はあらん限りの力で櫂を動かした。だが、丸木舟は遅々として進まない。沈没を覚悟したその時、不意に櫂の動きが軽くなった。見れば、アリスが背中を滝に打たれながら手を伸ばし、櫂の先端を握っている。

二人ぶんの力を受け止める櫂がぎしぎしと派手に軋んだが、丸木舟は弾かれたように前進し、ついに激流を突き破った。轟音と水圧が一瞬で消え失せ、俺はしばし呆然としてしまってから、慌ててブレーキを掛けた。舟は凪いだ水面を数メートル進み、停まる。

「……みんな、無事かー？」

真っ暗で何も見えないのでそう呼びかけると、前方からアルゴとクロの返事が届き、遅れてすぐ近くでアリスのため息が聞こえた。

「はあ……。──まあ、無事だったのだからよしとしますが、三度目の無茶は絶対に拒否しますからね」

「いやあ、助かったよ」

礼を言い、ストレージから松明を取り出して、火打ち石で着火する。そろそろランタンが欲しい……いや光魔法を習得したい、と思いながら松明を高く掲げる。

　オレンジ色の光に照らし出されたのは、広大な自然洞窟だった。天井からは無数の鍾乳石が垂れ下がり、左右の岸にも奇妙な形の石筍が生えている。振り向くと、狭い入り口の向こうに滝の裏側が見える。舟の進路が左右どちらかに一メートルでもずれていれば岩に激突し、大破沈没していただろう。

　再び視線を洞窟内部に戻す。床面は緩やかに流れる水で満たされ、このまま舟で進めそうだが……それよりも。

「あそこ……鉄！　鉄鉱石！」

　灰色の壁面から突き出した、赤味が混じる黒っぽい岩を見つけた瞬間、俺は全身びしょ濡れの不快感も忘れて叫んだ。

「おわっ、あそこにも……あそこにもある！」

「おいキー坊、ちょっと落ち着けヨ。いまは鉱石より、これからどうするのかをだナ……」

「先のことより鉱石だよ！」

　櫂を動かし、舟を右側の岸に寄せる。

「アリス、ちょっと櫂を頼む……流れが緩いから、まっすぐ立てておいてくれるだけでいい」

「……はいはい」

　ため息をついて立ち上がった騎士様に船頭役を託すと、松明を船縁のソケットに突っ込み、俺は岸に飛び移った。岩剝き出しの地面は湿っていて滑りやすいが、注意して石筍を迂回し、鉄鉱石に近付く。

ゼルエテリオ大森林の、トゲバリホラアナグマの洞窟で最初に鉄鉱石を発見した時は原始的な石斧を使うしかなかったので、採取量も少なかったし時間も掛かった。しかしいまの俺は、リズベットが造ってくれた《上質な鉄のつるはし》を持っている。ストレージから出したそれをしっかり握り、壁から突き出す鉱石の中心を勢いよく叩く。

キン、キンという高い金属音とともにオレンジ色の火花が飛び散る。もし現実世界で鉱石を採取するなら周囲の岩を砕くところだが、この世界ではそれだと岩が手に入ってしまうので、露出した鉱石を直接叩く必要がある。この大きさの鉄鉱石だと、石斧なら三十回以上叩かねばならないだろうが、我が頼もしき鉄のつるはしはたった八回で鉱石に大きなひび割れを作った。あと二、三回叩けば鉱石が砕け、いくつかの塊になって地面に転がる。それが背後の水に落ちないよう気をつけなくては……と考えた、その時だった。

「キー坊、上！」

「ガオウ！」

背後でアルゴとクロが警告の声を上げ、俺は反射的に真上を仰ぎ見た。モンスターが現れたのかと思ったが、俺の両目が捉えたのは、天井から生えた巨大な鍾乳石が二本ぐらぐら揺れている光景だった。

「ウオワ！」

思い切り飛び退いた直後、音もなく落下してきた鍾乳石が、俺の足跡を直撃して派手に砕け散った。ヘルメットを被っていないので、頭に命中していたら即死……はしないまでもHPが二、三割は減っただろう。

「だ、大丈夫ですか⁉」

アリスの声に、左手を上げて応じる。

「大丈夫だ。……なるほどね、夢中で鉱石を叩いてると鍾乳石が落ちてくる仕掛けか……」

一人だったら絶対喰らってたな、と仲間の有り難さを噛み締めていると、アルゴが呆れ半分心配半分というような声を投げてきた。

「おいキー坊、どうせメット持ってないんだロ？　もうやめといたほうがいいんじゃないカ？」

「むぐ……」

確かに、ストレージに兜の類は入っていない。というより俺は、SAO時代からいまに至るまで、兜を装備したことはないに等しい。別に格好をつけているわけではなく、フルダイブ型RPGでは、防御力上昇のメリットよりも視覚や聴覚を制限されるデメリットのほうが大きいと感じるからだ。あの《防御の鬼》、ギルド血盟騎士団リーダーのヒースクリフも兜は使っていなかったので、理屈としては間違いではあるまい。なぜなら奴は、VRMMOの生みの親、茅場晶彦その人だったのだから……。

　というような思考を巡らせつつ、俺はひび割れた鉄鉱石の前に戻った。

「兜はないけど、気をつければ大丈夫だよ、たぶん」

　アルゴにそう言い返し、つるはしを握り直す。もう天井に落ちてきそうな鍾乳石がないことを確認し、打撃を再開すると、三回目で鉱石が四つに砕けて壁から転がり落ちた。急いで全て拾い集め、ストレージに放り込む。ログハウスの周辺では、いまのところ鉄鉱石を採取できるのはミーシャのかつての巣穴だけなので、供給量は潤沢とは言えない。この洞窟で所持重量の上限まで鉄を確保できれば、今後の町作りにも役立つはずだ。

　その後も俺は、洞窟内に鉄鉱石を見つけるたびに舟を停止させ、つるはしを振るい続けた。鉄の他にもわずかだが銅と銀の鉱石と、何に使えるのかは不明だが水晶まで見つかったので、それらも採取しながら奥へ奥へと進む。

　天然洞窟とはいえダンジョンには違いないので、もちろんモンスターもあれこれ出現した。いちばん厄介なのは、三、四匹の集団で飛来すると最初に松明を消そうとする大型コウモリで、消されると俺とアルゴ、アリスは同士討ちを避けるために明かりがつくまで剣を振れなくなってしまう。だがクロはヤミヒョウと名がつくだけあって真っ暗闇の中でも敵が見えているらしく、高速で飛び回るコウモリを両前脚でばしばし叩き落としてくれた。

　三十分もかからずに俺とアリス、アルゴのストレージは大量の資源で満たされ、大いなる達成感を味わえた——のだが。

「……浮かない顔ですね」

アリスにそう言われた俺は、ウインドウを閉じながら頷いた。

「ああ……ちょっと、厄介なことに気付いちゃってさ」

「なんです？」

「この洞窟、スティス遺跡からそう離れてないだろ？　てことは、ムタシーナ配下の攻略組に見つかるのは時間の問題だ。これだけ鉄鉱石が採れるとなると、百人に鉄装備を行き渡らせるのもそう難しくない」

俺の言葉を聞いたアリスが、表情を引き締める。

昨夜襲撃してきたシュルツの一団——どうやら《フォークス》なるチーム名だったらしいが——は、二十数名のうち鉄武器持ちは半分ほどだった。それでも薄氷の勝利だったのだ。全身を鉄で固めた百人の大集団が襲撃してきたら、勝てる見込みはない。

「……確かにそれは、東の大門での戦いなみに不利な状況になりそうですね」

アリスが硬い声で呟く。

アンダーワールドの《異界戦争》の幕開けとなった、東の大門での暗黒界軍との激戦の時、俺は昏睡状態だったのだが人界軍の陣地を覆っていた重苦しい空気はぼんやりと憶えている。

アリスはあの戦いで、ただ一人の弟子だった整合騎士エルドリエ・シンセシス・サーティワンを失った。

そんな彼女に、アンダーワールドでの戦争とユナイタル・リングでのPvPを同一視させてしまうのは申し訳ない……と思ってしまってから、そう考えることこそ心得違いだと思い直す。アリスにとってはどちらも全力を尽くすべき本物の戦いなのだ。

自分を叱るために両手でほっぺたをバチンと叩いてから、俺は怪訝な顔をしているアリスに言った。

「だからって諦めるつもりはないけどな。鉄装備の百人に奇襲されたらどうしようもないけど、俺たちは敵の陣容も、ここで鉄鉱石が採れることも知ってるんだ。みんなで知恵を出し合えば、勝つ道もきっと見つかるはずだ」

「……そうですね」

アリスが微笑みながら頷いた、その直後。

「だったら、オレっちがいま一つアイデアを提供してやるヨ。もちろんタダでナ」

丸木舟の舳先でクロの首筋を撫でていたアルゴが、振り向いてそんなことを言った。

「な、なんだよ、アイデアって？」

「この洞窟で敵に鉄鉱石を採取されたらヤバいわけだロ？　だったら埋めちまうってのはどーダ？」

「埋めるって……洞窟をか⁉」

二秒ほど絶句してから、周囲を見回す。この鍾乳洞は横幅が平均六、七メートル、天井までの高さも同じくらいあるうえに脇道も多く、全容はいまだ摑めないのだ。資源を採取しながらだが、いままで三十分も移動してきてまだゴールに着かないのだから、長さは二、三キロほどもあるのではないか。

「……ここを埋めようとしたら、ダイナマイトがトラック十台分くらいいるぞ。それ以前に、そんな大がかりな地形改変は、いくらユナイタル・リングでも無理じゃないか？」

という俺の至極真っ当な反駁に、アルゴはニヤリと笑みを浮かべてみせた。

「誰も丸ごと埋めようなんて言ってないゾ。滝の裏の入り口だけでいいんだヨ。あそこを塞げば、入る方法はないだロ」

「あ……ああ、まあ、そうかもだけど……でもそれだって大仕事だぞ。ツルハシで天井を掘るくらいじゃとてもとても……」

「あ……そうか、解りましたよ」

アリスがぽんと両手を打ち合わせる。

「破壊するのではなく造るのですね」

「造る……？　あ、ああそうか、入り口にクラフトで石壁を造ろうってのか」

やっとアルゴの言わんとするところを悟った俺は、指を鳴らすために持ち上げた右手を途中で停止させた。

「いや、でも、それも無理じゃないか？　だって、ダンジョンの中にプレイヤーが壁や階段を造れるなら、マップのショートカットとか他のプレイヤーへの嫌がらせとかやりたい放題じゃないか」

「いま試してみればいいだロ」

アルゴに言われ、それもそうだと頷く。中途半端に掲げていた右手でリングメニューを出し、初級大工スキルの製作アイテム一覧から《石積みの壁》を選択。出現した半透明のゴースト・オブジェクトは、初期位置では洞窟の壁に重なっていたので灰色だったが、少し横にスライドさせると薄紫色に染まった。

「……造れるみたい……」

「ほらナ？　ユナリンの設計思想からするとイケるんじゃないかと思ったんだよナー」

得意そうなアルゴに、この手を思いつけなかった悔しさ込みの質問を投げる。

「ユナリンの設計思想ってなんだよ？」

「ひと言で言えば《過剰》だナ。過剰に広いワールドマップ、過剰に高精細なグラフィック、過剰なスキルとアビリティ……つまりこのゲームは、オイラたちプレイヤーのゲーマー的常識を挑発してるんだヨ。できることに自分で枠を嵌めてる奴から死んで、常識を一歩踏み越えた発想をする奴は生き残るってワケだ」

「………」

まったくもってぐうの音も出ない。

ヴェンジフルレイスと戦った時、俺は亜麻仁油で即席の火炎剣を作り、物理無効のレイスを両断した。だがそれはまだゲーマー的常識の内にあるアイデアだ。いっぽうアルゴはあの時、再生しつつあるレイスの切断面に俺から引ったくった松明を突っ込み、炎を取り込ませて爆発させた。まさしく常識を踏み越えた発想。

ＳＡＯ時代の俺も、あれこれ突飛なことを思いついては臆さず試したものだ。アイデア百個のうち九十九個は失敗したが、残り一つが命を救ってくれたことは何度もある。なのにＡＬＯで《普通のゲーム》を楽しんでいるうちに、いつしかチャレンジスピリットを失ってしまったらしい。

またしても両頰を思い切り叩きたくなったが、石壁のゴーストを保持したままなので、俺は代わりにその手を強く握った。虚空から荒削りの石ブロックがいくつも降ってきて、洞窟の岸に二メートル四方の壁を生み出す。

「……造れたナ」

自慢げに言うアルゴに、

「造れたネ」

と応じてから、俺は考えを巡らせた。

壁を造れるということは、スペースさえあれば洞窟内に家も造れるし生産設備も置ける……

つまり拠点を築けるということだ。入り口を壁で塞ぐだけでなく、内部に拠点を築いて大量の鉄インゴットを生産すれば、鉱石をキリトタウン……ではなく森の町に運ぶより遥かに効率がいい。これもまだ常識の内のアイデアだろうが、やってみる価値はある。

だがいまはその前に──。

「じゃあ、アルゴのアイデアを有り難く頂いて、入り口を塞ぎに行くか。洞窟の終点まで探検できないのが残念だけど……」

「だったら先に終点まで行ってみては？　ムタシーナ麾下の部隊が遺跡を出発するのは明後日の夜なのでしょう？」

「まあ、そうなんだけどね……」

総進撃は明後日でも、すでに経験値稼ぎと革素材集めは始まっているはずだ。滝を見かけたプレイヤーが、あの裏を調べてみようと考える可能性はいまこの瞬間もゼロではない。

「うーん、やっぱちょっと不安だから、俺が一人で入り口まで行ってくるよ。アルゴとアリスはこのへんを探索しててくれ」

「ええ!?」

途端、アリスが顔をしかめる。

「それなら全員で戻ったほうが……」

「舟で往復するより岸を走ったほうがぜんぜん早いよ。出てくるモンスターの対処法も憶えたし」

「だったらコイツと一緒に行けヨ」

そう言ったアルゴが、クロの首をぽんぽん叩いた。豹も「がう」と短く唸る。

「えー……二人だけで大丈夫？」

「ほら、また私を甘く見ている」

アリスが子供のように頬を膨らませる。

「レベルはもうお前にほぼ追いついているのですよ？　アルゴもなかなかの使い手ですし、むしろ自分の心配をするべきです」

「そーそー。まあ、こっちも無理はしないカラ、遠慮なくクロ公を連れてけヨ。つーか……」

クロに視線を戻したアルゴが、逞しい背中をぽんぽん叩きながら続けた。

「こいつ、もしかしたら乗れるんじゃないカ？」

「ええ？　クロの背中にか？」

「試してみろヨ」

「そんなことして、怒ったらどうするんだよ……」

と答えはしたものの、豹の体格的には行けそうな気もする。俺が丸木舟から岸に飛び移ると、クロも指示を待たずにふわりと跳躍し、俺の隣で伏せをした。

「……クロ、ちょっと乗ってみていいか？」

訊ねると、「がう」と短い唸り声が返る。ＯＫと解釈し、おっかなびっくり背中をまたぐ。そっと体重を預けた途端、クロは全身鉄装備の俺を乗せたまま軽々と立ち上がった。

「おお……なんか行けそう……？」

「ナ？　走るよう指示してみろヨ」

アルゴに言われ、俺は少し迷ってから愛馬……ではなく愛豹に呼びかけた。

「クロ、ゴー！」

途端。

「ぐるああうっ！」

ひと声派手に吼えると、豹は幅一メートル半ほどしかない洞窟の岸を、とんでもない勢いで疾走し始めた。

「おわあああ⁉」

左手には松明を持っているので、慌てて右手でクロの背中に生えた瑠璃色の毛を摑む。後方から「早く帰ってこいヨー」「気をつけて！」という声が聞こえたが、それもたちまち遠ざかる。

洞窟の床は平らではなく不規則に波打っているし、あちこちに鋭い石筍も生えているのだが、黒豹はまったく減速することなく障害物を軽々と跳び越えていく。思い返してみると、初めて遭遇した時、クロはギヨル平原の致命的な氷嵐から逃れるために洞窟に入ったのだ。もともとセルリヤミヒョウは洞窟を住み処にしているのかもしれない。

俺も豹に乗るのは初めてだが、馬なら何度も経験が――もちろん仮想世界でだが――ある。激しい振動を全身で吸収するやり方を思い出し、いくらかクロと一体化できたと思った瞬間、目の前にメッセージ窓が現れた。

【騎乗スキルを獲得しました。熟練度が1に上昇しました】

――どうやらクロはシステム上でも騎乗動物だったらしい。となると、パッテル族の子供を五人も乗せていたトゲバリホラアナグマのミーシャも間違いなくそうだろうし、クロと同じくらいの体格があるナガハシオオアガマのアガーは……まだ解らないが、町に帰ったらアスナを乗せてみよう。

そんなことを考えるあいだもクロは闇の底を疾駆し、分かれ道は俺が背中の毛を引っ張って指示すると素直にそちらへ進んだ。時々行く手にモンスターが出現するが、このスピードなら振り切れると判断して走らせ続ける。万が一大量に引っ張ってしまっても、他のプレイヤーがいないのだから迷惑を掛ける恐れはない。

丸木舟で三十分掛かった――鉱石採取や戦闘をしながらだが――道のりを、クロはわずか七、八分で走り抜け、見覚えのある広い一本道に出た。毛皮を軽く後ろに引っ張り、スローダウンさせる。耳を澄ませると、ドドド……という滝の音がかすかに聞こえる。

「クロ、ストップ」

即座に停止した豹の背中から下りると、俺は首筋をわしわし撫でてねぎらった。ポーチからバイソンジャーキーを取り出し、食べさせる。俺もスティス遺跡で買い込んだシシカバブーの残り物を齧りながら、洞窟の出入り口目指して歩く。

やがて前方がほんのり明るくなってきたので松明を消すと、薄青い月光を招き入れる開口部が見えた。

改めて出入り口の寸法を確認すると、幅も高さも二・五メートルほどか。丸木舟で突入した時は狭く感じたが、塞ぐつもりで見るとまったくそう思えない。もっとも、手作業で石を積むのではなくクラフト機能で壁を設置すればいいだけなのだから作業としては簡単だ。問題は、洞窟の中央を流れる川を横切る形で壁を置けるかどうかだが、まずは試してみるしかない。

ストレージは大量の鉄鉱石や水晶で埋まってしまっているので、鉱石の一部をオブジェクト化して地面に積み上げてから、つるはしを握る。

洞窟の壁には、俺が鉄鉱石を採掘した穴がまだ残っている。この世界の資源は時間が経つと復活するが、サイクルはRPGとしてはかなり遅めの設定だ。穴のすぐ横を狙ってつるはしを打ち込むと、一撃で灰色の塊が落ちてきた。拾ってプロパティ窓を出したところ、【灰滑岩】なる名前になっている。上流の河原で無限に採取できるおなじみの灰崩岩が《もろい石灰岩》だとすると、こちらは《滑らかな石灰岩》か。いくらか上級の素材なのかもしれないが、わざわざ採掘していくほどでもあるまい。

しばらくつるはしを振ってからストレージに灰滑岩を入るだけ放り込み、川の浅いところで粘土も採取すると、クラフトメニューで《粗雑な石の壁》を選択。出現したゴースト・オブジェクトをまず出入り口の真ん前に移動させたが、設置不能の灰色表示になってしまう。そのまま水中に沈めても、色は変わらない。

「だよな……」

そこまでは予想のうちだったので、ゴーストを右に動かし、基部の半分以上が岸に載るようにしたところやっと色が薄紫に変わった。ひとまずそこで手を握り、石の壁を実体化させる。再び灰滑岩と粘土を掘り、新たなゴースト・オブジェクトを最初の壁にスナップ接続させたが、紫色にならない。

「むむ……」

まあ、普通に考えて、巨大な石壁が何の支えもなく空中に浮かぶはずもない。それ以前に、ダンジョンの入り口を封鎖しようとするのがそもそも無茶な話なのだ。これは無理か、と諦めそうになった時、アルゴの言葉が耳の奥に甦る。

——つまりこのゲームは、オイラたちプレイヤーのゲーマー的常識を挑発してるんだヨ。

ゲーマーとしてではなく、大工として考える。

川の中に壁を設置できないのは、水の流れを遮ってしまうからだろう。ならば、流れを邪魔しない工作物ならどうか。初級大工スキルのメニューをスクロールしていると、【粗雑な木の柱】が目に留まる。必要素材は丸太が一本だけ。ストレージにはメグリマツの丸太が何本か残っていたはずなので、そのまま作成ボタンを押すと、シンプルな柱のゴーストが現れた。水上に移動させ、沈めていくと、下端が川底に触れたところで色が紫に変わった。

「よし！」

思わず左手でガッツポーズすると、近くの床に寝そべっていたクロも尻尾を振った。慎重に位置を調整し、実体化。同じ作業を繰り返し、先に作成した石壁と同一のライン上に柱を四本並べる。これで丸太は使い果たしたので、目論見が成功することを祈るしかない。

メニューから再び石の壁を選択。ゴースト・オブジェクトを、最初の石壁と四本の柱の両方にスナップさせる。瞬間、灰色だったゴーストが紫色に輝き、俺は再び「よっし‼」と叫んだ。右手を握ると空中から大量の岩が振ってきて、洞窟の出入り口を八割がた塞いでしまう。一気に暗くなったので、松明を再び点ける。

そこからは同じ作業の繰り返しだった。岩と粘土をストレージに入れ、壁を継ぎ足す。横に三枚、その上に二枚載せると、出入り口は完全に見えなくなった。

と言っても、これは完全な封鎖ではない。所詮は《粗雑な石の壁》、耐久度はそこまで高くないので適した手段を用いれば破壊は充分に可能だし、水面下の柱はもっと脆い、だが、俺が造った石壁は洞窟と同じ灰滑岩を使っているので、外から見ると色合いや質感が周囲と一体化して、そこに洞窟の入り口があるとは容易には気付けないはずだ。

もちろん永遠には誤魔化せないだろう。だがいまは、ムタシーナ軍の鉄装備を妨害できればそれでいい。

右手を喉当ての奥に突っ込み、外からは見えない首輪状の紋様──《忌まわしき者の絞輪》に触れる。遺跡を離脱してからまだ一度も呼吸停止魔法が発動していないので、ホルガーたちはムタシーナの命令に大人しく従っているのだろう。それも無理はない。あの、本当に死んでしまうのではないかという恐怖は俺も二度と味わいたくない。

だが、覚悟はしておかねばならないだろう。いずれムタシーナと直接対決した時、俺が《絞輪》に掛かっていると知れば、あの女は容赦なく魔法を発動させるはずだ。それまでにこの呪いを解く方法が見つかる可能性は低い。

どうあれ、いまはできることをしなくては。

俺は喉から下ろした手でリングメニューを開くと、アリスに『入り口の封鎖完了、いまから戻る』とメッセージを送った。すぐに『了解、こちらはボス部屋を発見しました』という返事が届く。

「……ボスだってさ」

やれやれと思いながらクロに話しかけると、豹は「まだまだ行けるぜ！」と言うかのように元気よく吼えた。

7

「……町に戻ったら、真っ先に浴場を作りましょう」

丸木舟の腰掛板に座ったアリスが、力なくそう言った。

いつもの俺なら「風呂なんて後回しだよ、川で水浴びすればいいだろ」とでも答えるところだが、いまだけは同意せざるを得ない。アリスの前に座るアルゴも「風呂か、いいナ」と呟き、クロも力なく「がう……」と弱々しく唸る。

滝裏の洞窟（仮）のボスモンスターは、巨大なナメクジだった。固有名、【スティンキングスネイル】。アルゴオネーサン曰く、stinkingは《悪臭を放つ》《不快な》という意味だそうだ。その名のとおり、全長三メートルにも及ぶ大ナメクジは口から途轍もなく臭い粘液を吐きまくり、俺たちのHPより先に精神力を削りに来た。

もちろん臭い汁はただ臭いだけでなく、《MP持続減》《視覚異常》《クールタイム増大》と三種類もの阻害効果を持っていた。しかも戦場になったのはドーム状の地底湖で、ナメクジは天井をかなりのスピードで這い回り、俺たちはそれを舟で追いかけては跳躍型ソードスキルを当てるという面倒な戦いを強いられた。

ナメクジの物理的攻撃力そのものは低めだったので、途中からは粘液を避けることを放棄し、ソードスキルのごり押しでどうにか仕留めたのだが、終わった時には全身がぬるぬるべとべとでレベルアップを喜ぶ気にもなれなかった。すぐさま地底湖に飛び込んで粘液を洗い落としたのに、まだ匂いがかすかに残っている気がする。

「……で、この舟はちゃんと目的地に向かってるんだよナ？」

アルゴに問われ、俺は自分の体を嗅ぐのをやめて前を見た。ボス部屋の地底湖は行き止まりに見えたが、ナメクジが死ぬと奥の壁がゴゴゴ……と持ち上がって新たな水路が現れたのだ。とりあえず舟を進めたものの、この先に何があるのかは見当もつかない。付け加えれば、後方で再び壁が閉じる音が聞こえたので、恐らくもうボス部屋には戻れない。

「アインクラッドなら次の層への階段があるんだけどな……」

深く考えもせず呟くと、アリスが少し首を傾けた。

「そう言えば……落下したアインクラッドは、いまどうなっているのでしょう？」

「へ？　そりゃあ……落ちた時のままじゃないか？」

俺もアリスも浮遊城の落下という一大スペクタクルシーンを直接目撃してはいないのだが、リズとシリカによればツングースカ事件なみの大爆発が起きたらしい。君たちツングースカの爆発も見てないでしょ……と思ってしまったが、その頃はまだマップデータへのアクセス権限が残っていたユイも、落下でアインクラッドの一層から二十五層までもが完全に破壊されたと言っていたので、とんでもない爆発だったことは間違いあるまい。

その話はアリスも聞いてたじゃん……と指摘する代わりに軽く首を傾けると、騎士様は口を尖らせた。

「それはそうでしょうが、私が言いたいのは、中に入れるのかということです」

「ああ……。う～ん、どうかな……近くまで行ければ、中に入る道が見つかりそうな気もするけど……。──行きたいの？」

「ええ、まあ。ずっと気になっているのです」

「何が？」

「アインクラッドの落下に巻き込まれて死亡したプレイヤーは、全員スティス遺跡で蘇生したわけですよね。しかし、二十五層までの街や村に暮らしていた住民はどうなったのでしょう」

「…………！」

俺は鋭く息を吸い込んだ。

確かに、新生アインクラッドには多くの住民──NPCが存在していた。一層から二十五層までが爆発で消し飛んだ時、彼らはどうなったのだろうか。ALOのNPCたちは原則として無敵属性なのだから、プレイヤーのようにダメージを受けて死んだりはしないはずだが、遺跡に転送されたという話も聞かない。それに、ユナイタル・リング世界のNPC──バシン族やパッテル族のように、無敵ではなくなってしまった可能性もある。

「……アルゴ、アインクラッドのNPCがどうなったか知ってるか？」

「いやァ、オレっちもそこまでは調べなかったナ……」

情報屋の答えを聞き、アリスがいっそう厳しい顔になる。

現在のアリスは、VRMMOのNPCがいかなる存在なのかを頭では理解しているはずだが、感情的にはなかなか割り切れないものがあるらしい。それも無理はない。アンダーワールドの住民は、俺たち人間と同じ魂──フラクトライトを持っているものの、存在としてはNPCと重なる部分もあるのだ。俺だって、たとえAI化されていない定型応答NPCであろうとも、単なるムービング・オブジェクトだとは思いたくない。

「……森に帰れたら、いちどアインクラッドの状況を確かめに行くか」

そう呟くと、アリスはちらりと俺を見て、無言で頷いた。

丸木舟は一本道の水路をしずしずと進んでいく。マップ画面を開いてみるが、ダンジョン内はワールドマップを表示できないので、現在位置がどのあたりなのかはもう見当もつかない。しかし方向的には、少なくともゼルエテリオ大森林から遠ざかってはいないはず……と自分に言い聞かせ、ストレージに移動する。

「あ……そう言えば、さっきのナメクジからも魔晶石が落ちたんだった」

俺がそう言うと、アルゴがしゅばっと振り向いた。

「ほんとかキー坊。あいつ、魔法なんか使わなかったロ」

「魔法を使う敵だけが魔晶石を落とすって考えはゲーマー的常識ってやつじゃないか？」

「むグ……」

アルゴは一本取られたというような表情を浮かべたものの、すぐにニヤリと笑う。

「んで、何の魔晶石が出たんダ？」

「ええと……」

俺はストレージを入手順にソートし、上部に並んだナメクジの生体素材のすぐ下に目当てのものを発見した。

「…………《腐の魔晶石》、だって」

「フ？　フとは何ですか？」

怪訝な顔をするアリスに、字面を説明する。

「腐るのフ」

「…………では、つまり腐属性魔法の魔晶石……？」

「そう……なんだろうな。アリス、食べる？」

「いりません」

即答する騎士様から、情報屋に視線を移す。

「アルゴは？」

「いらないヨ」

「…………」

なんだよもう、と思ったがそれを口にすると良からぬ展開になりそうだったので、俺はストレージを閉じようとした。だがその寸前、アルゴが「そーいえバ」と声を上げる。

「キー坊、確かヤナギの木のオバケからも魔晶石っぽいのが出てなかったか？」

「え？　あ……ああ、そうだった」

確かに、ヴェンジフルレイスが爆散したあとに出現した水色の光を、ヤナギの幹を駆け上ってゲットした記憶がある。リストを下にスクロールしていくと、洞窟で手に入れた大量の素材アイテムと遺跡で買った食べ物の下に――。

「お……おお、今度はアタリっぽいぞ！　《氷の魔晶石》だ」

「おー、いいじゃないカ。早速習得してみろヨ」

「え……俺でいいの？」

アルゴとアリスを交互に見たが、二人ともこくりと頷く。

そういうことならと、魔晶石をオブジェクト化しようとした指を、俺は寸前で止めた。

「……いや、やっぱやめとくよ」

「どうしてです？」

首を傾げるアリスに、少し考えてから答える。

「ほら、俺、アビリティが《剛力》ツリーだしさ。やっぱり魔法スキルは《才知》を取ってる人が習得するべきかなって」

そう考えたのは事実だが、それが全てではない。理屈ではなく感情で、俺に氷属性の魔法は似合わないと思ってしまったのだ。氷魔法――いや凍素術は、もういない親友の得意技だった。俺がどんなに頑張っても五個までしか作れなかった凍素を、彼は両手で七、八個も作ってみせたものだ。

そんな俺の感傷を察したかのように、アリスが微笑みながら言った。

「なるほど、では氷の魔晶石は、いつか相応しい使い手が見つかるまで保存しておくのがいいでしょう」

「そうさせてもらうよ」

ウインドウを閉じようとした時、再びアルゴが声を上げた。

「だったラ、腐属性魔法を覚えてみろヨ」

「ええぇ……やだよ、闇属性ならいいけど……」

「贅沢言ってられる状況カ？　何の役にも立ってないMPを有効活用できるんだゾ？」

――ならお前が覚えろよ！　と言いたいところだが、MPの総量は、洞窟内の戦闘と対ナメクジ戦で三つ上がってレベル11になったアルゴより、レベル18の――こちらもナメクジ戦で一つ上がった――俺のほうが多い。魔法スキルの熟練度を上げるには反復使用するしかないので、MPが多ければそれだけ使用回数を稼げる理屈だ。

「……解ったよ」

覚悟を決めて、俺は《腐の魔晶石》をオブジェクト化した。

出現したのは、直径一・五センチほどの球体。昨日ユイにあげた《火の魔晶石》とサイズは同じだが、あちらがルビーの如く美しい赤だったのに対して、こちらはドブ水を煮詰めたかのような濁った灰色だ。

魔法スキルを習得するには、これを口に入れて噛み砕かなくてはならない。ユイの時は口から火が出たが、この石はいったい何が——。

「ホレ、早くしろッテ」

あいつ絶対面白がってるよな！　と確信しつつも、俺は意を決して灰色の石を口に入れた。つるりと硬い舌触りで、いまのところ味はしない。右側の奥歯で挟み、少しずつ力を入れていく。

やがて、ぴしっとひび割れる感覚。ままよ、とそのまま噛み砕く。

「………………ヴオエエエエエ!!」

レディー二人の前ではあるが、俺は両手で口を押さえ、背中を丸めてフルパワーでえずいた。そうせずにはいられないほどの、現実世界を含めて過去経験した中で最悪の味と匂いを持つ粘液が口いっぱいに広がったのだ。喩えるならば……いや、具体的な何かを思い浮かべたら本当に吐いてしまう。

「み……みじゅ、みじゅ……」

右手を突き出しながら呻くと、アルゴが井戸水入りの簡易水筒を放ってくれた。掴んだそれの栓を抜き、冷たい水を必死に呷る。一滴残らず飲み干しても、まだ嫌な後味は消えないが、発作的な嘔吐感はどうにか撃退できた。

「……さ、サンキュー……」

礼を言い、空になった木の実の水筒を投げ返す。同時に、目の前にメッセージ窓が浮かぶ。

【腐魔法スキルを獲得しました。熟練度が1に上昇しました】

「…………」

腐の一文字を見ただけで再び胃が波打つ。もしもさっき粘液を吐き出していたら魔法を習得できなかったのだとすると、十人中九人は失敗するだろう。

ともあれこれで俺もユイに続いて二人目の魔法使い、いや魔法剣士になれたわけだ。スキルウインドウに移動して詳細をチェックすると、熟練度1で使用可能な魔法が一つだけ表示されている。

「なになに……《腐れ弾：腐った何かの塊を発射する》だって。何かって何だよ……だいたいこのネーミング……」

俺がぶつぶつ毒づくと、アルゴが爆笑を堪えているような顔で——実際そうなのだろう——言った。

「さっそく使ってみろヨ」

「もし笑ったら二発目はお前に当てるからな」

と宣言すると、俺は腐魔法スキルの名前を叩き、出現したTipsを読んだ。それによれば、腐魔法の基本ジェスチャーは、ボールを摑むように広げた両手の指先を左右から接触させた形となっている。さっそくやってみたが、昨日ユイが見せてくれた火魔法の基本ジェスチャー――左拳に右掌を押し当てた形――に比べていささか微妙であることは否めない。

それでも魔法はきちんと始動し、両手に緑がかった灰色のエフェクト光が宿った。続いて、《腐れ弾》の指定ジェスチャー。これは簡単で、いったんくっつけた両手を左右に二十センチほど開くだけ。すると両手の間に、オーラと同じ色をしたみかん大の球体が出現した。表面をまるで生き物のように粘液が蠢くさまは、まさしく《腐った何か》だ。

同時に、俺の視界に薄紫色のターゲットサークルが出現した。現在は丸木舟の底に張り付いているが、少し両手を持ち上げるとサークルも移動してアルゴの顔を捉える。どうやら俺以外の二人には見えていないようだ。

一瞬、このまま発射してみたいという無邪気な誘惑にかられたが、もうすぐ十八歳なんだぞ！と自分に言い聞かせて我慢する。ターゲットサークルを動かし、左の岸辺に垂れ下がる鍾乳石を狙って、両手を握る発射モーション。

ドビュウッ！　というおぞましい効果音とともに、灰色の球体が俺の両手から撃ち出された。狙い違わず鍾乳石の中ほどに命中し、汚らしく飛び散る。だがそれ以上は何も起きない。鍾乳石はかなり脆いのに、ヒビ一本入った気配もない。

「……こりゃあ、物理攻撃力は期待できなそーだナ」

というアルゴの素っ気ない講評を、

「少なくとも、嫌がらせにはなるのでは？」

とアリスが優しくフォローしてくれた。舳先で寝ているクロは面倒そうに尻尾を振っただけだった。

腐れ弾の魔法は、才知ツリーのアビリティを取っていない俺のMPでも連続三回使えたので、腐魔法スキルの熟練度を上げるためにひたすら無駄撃ちしながら暗い水路を進むこと十五分。とうとう前方の光景に変化が現れた。ぼんやりとした青い反射光……洞窟に月明かりが差し込んできているのだ。

やっと出口か、と言いたいが言葉にしたら裏切られそうなので、黙って櫂を動かす。アルゴとアリスも無言で前を見据えている。水路は少しずつ幅を狭め、左右に蛇行もし始めて、このままでは長さ五メートルもある丸木舟がカーブに引っかかってしまうと心配になってきた時。何の前触れもなく、いきなり両側の壁がなくなった。舟が滑り出たのは、滔々と流れる広大な水面。川だ。

後ろを見ると、切り立った岩壁の一箇所に狭い隙間が口を開けている。崖の凹凸に紛れて、遠くからだとただの窪みにしか見えないだろう。慌ててワールドマップを出すと、ダンジョンの入り口になっていた滝と、ゼルエテリオ大森林の南端のちょうど中間あたりだ。つまりこの川は、俺とアリスが数時間前に下ったマルバ川だということになる。そのつもりで眺めると、風景に見覚えがある気がする。

「……あんなところに入り口があったのですね」

アリスがそう呟いたので、俺もかくんと頷いた。

「ぜんぜん気付かなかったな……。まあ、こっち側から入ってもボス部屋の扉が開かないはずだから単なる行き止まりの洞窟だけどな」

「私たちでも開けられないのでしょうか？」

「うーん、どうかな……」

ゲーム的に考えれば、ボスを倒した後なら裏口から入れるのかもしれないが、ユナイタル・リングにそういう思い込みは通用しない気もする。試してみれば解ることだが、当分洞窟には近付きたくない。

「ま、どーあれこれで舟を滝の上まで運べたわけダ。壊さずにすんで良かったじゃないカ」

そう言ったアルゴが、両手を高々と持ち上げて深呼吸した。アリスも気持ちよさそうに目を閉じ、舳先ではクロがネコ科特有の伸びをしている。

俺もしばし櫂を操る手を休め、胸いっぱいに新鮮な空気を吸い込んだが、喉元にわだかまる息苦しさは消えてくれない。恐らく、《忌まわしき者の絞輪》が解除されるまで、この感覚は残り続けるだろう。

視界右下の時刻表示はちょうど午前零時を回ったところだった。ずいぶん長く洞窟に潜っていた気がするが、実際には一時間ほどだ。丸木舟は遡上でも時速二十キロくらいは出せるので、この場所からなら、トラブルが起きなければあと三十分少々でゼルエテリオ大森林まで戻れるだろう。

開いたままのウインドウをメッセージタブに切り替えると、俺はアスナ宛てに【全員無事、一時前には戻れる予定】と短文を入力し、少し考えて【誕生日おめでとう】と付け加えた。

8

九月三十日水曜日、午前七時十五分。

急行電車が動き始めると、俺はシートに体を預けて目を閉じた。

自宅最寄りの本川越駅は西武新宿線の始発駅なので、この時間帯でも少し並べば座れるのだ。普段の登校時は田無まで立っていくことが多いが、今日ばかりは寝不足をわずかなりとも解消したい。日曜の夕方にユナイタル・リング事件が発生してから早くも三夜が経過したが、連日明け方までダイブし続けてしまい、さすがの俺も限界が近い。事件の黒幕がどこの誰なのかは知らないが、なぜ夏休みのうちにことを起こしてくれなかったのか。それなら毎日二十時間のパワープレイで三日目にはゴールである《極光の指し示す地》に辿り着いていた……かもしれないのに。

そんなことを考えるうちに、意識がすうっと眠りの淵へと沈んでいく。だが、なぜか寸前で踏み留まろうとしてしまう。たぶん理由は二つ。両腕で抱えた細長い手提げ袋を落とさないか心配なのと、魔術師ムタシーナがロングスタッフを地面に突き立てる甲高い音が耳から離れないせいだ。

結局、昨日……いや今朝の四時にログアウトするまで、あの女の窒息魔法が発動することはなかった。発動範囲無限というムタシーナの説明が実はブラフで、スティス遺跡から直線距離で二十五キロも離れていた俺には魔法が届かなかった可能性もゼロではないが、それは希望的観測というものだろう。あれほど強力な呪いを百人同時に掛けるという規格外の術なのだから、効果が地の果てまで届いても不思議ではない。

　昨夜、無事に町まで辿り着いた俺とアリス、クロ、そしてアルゴは、真夜中にもかかわらず仲間たちに温かく迎えられた。驚かされたのは、そこにパッテル族だけでなく、十人のバシン族も加わっていたことだ。

　俺とアリスから少し遅れてバシン族の村へと出発したリズベット、ユイ、アスナの三人は、いくつかのトラブル――巨大ウデムシ型フィールドボスに追いかけられたり、巨大アリジゴクの巣に落ちたり――はあったものの、ギヨル平原の南東部を二時間掛からずに縦断してのけたらしい。

　バシン族の野営地に到着すると、持参したバイソンジャーキーを進呈し、喜ばれたところでさっそく移住交渉をもちかけた。アスナたちは正直に町が安全とは言えないことを明かしたのだが、すると野営地のリーダーであるイゼルマという女戦士に「町と住民を守れるだけの力を見せてみろ」と剣でのデュエルを挑まれたという。

　その時点で三人のレベルはリズベットが12、ユイが11、アスナが10。しかもアスナとユイは才知ツリーを取得していて近接戦向きではない。だが、アスナは立ち上がろうとしたリズの肩を押さえ、「わたしが」と名乗り出た。

武器こそリズベットが打った《上質な鉄の細剣》なれど、防具はユイと同じく軽量な胸鎧と手足の守りのみ。イゼルマ隊長も胸と腰に革鎧を着けているだけだが、アスナより頭一つぶんも大きい体は筋骨隆々として、武器は剣と斧を足したような超肉厚の曲刀。下手に打ち合えば容易に折れてしまうであろう華奢なレイピアを見て、イゼルマも他のバシン戦士たちもアスナはメイス使いであるリズベットの前座だと思ったらしい。

だがアスナは、イゼルマの猛攻撃をステップだけで躱しまくり、相手の姿勢が崩れた瞬間に細剣二連撃《パラレル・スティング》を二撃とも曲刀の重心に当てて弾き飛ばした。イゼルマは負けを認め、その場で次の隊長を指名すると、自らゼルエテリオ大森林への移住を志願したのだという。

イゼルマが行くのならばと立て続けに九人のバシン族も名乗りをあげ、総勢十三人となったアスナ一行はウデムシやアリジゴクを蹴散らして、二十三時には森の町に帰還できたらしい。つまり俺たちは二時間近くも遅れてしまったわけだが、バシン族たちに西エリアの住居を割り当てたり、必要な家具を作ったりしていたのであっという間だった、とアスナは笑った。

心配したのはバシン族がクロやミーシャを獲物視するのではということだったが、どうやら彼らにとってはクマやヒョウを狩った者より、飼い慣らした者のほうが勇者として格上らしい。そして当然ヒョウ使いよりクマ使いのほうが高ランクなので、バシン族的には町の最上位者はシリカなのだった。もちろん俺に異存はまったくない。

簡単な歓迎会の後は仲間だけでログハウスのリビングルームに集まり、再びミーティングが開かれた。新入りが《アルゴの攻略本》のアルゴだと知ったクラインとエギルは大いに驚いていたが、昔話に興じる余裕はなかった。一刻も早く、ムタシーナの脅威について話し合う必要があったからだ。

闇魔法《忌まわしき者の絞輪》の凄まじい威力と、百人の軍勢が早ければ明日の夜に森の町を総攻撃してくるという情報には、クラインでさえしばし黙り込んでしまった。だが、もはや町を放棄して逃げるという選択肢はない、というのが仲間たちの総意だった。攻めてくるなら迎え撃つのみ。

ささやかなプラス材料として、例の滝裏の洞窟は入り口を岩でカムフラージュしてきたので敵全員が鉄で武装している可能性は低いことと、ホルガー、ディッコス、ツブローのグループ――つまり敵の大部分はムタシーナに脅迫されているので士気は高くないであろうことが挙げられたが、それでも人数の差は圧倒的だ。バシン族十人とパッテル族二十人、そこにアルゴを加えたこちらの総勢は四十一人とペットが四匹。ミーシャとピナを五人ぶん、クロとアガーをそれぞれ二人ぶんにカウントしても五十人で、敵の半分でしかない。この戦力差を覆すには、何かもう一つ大きな工夫が必要だ。

午前二時まで続いた会議では色々なアイデアが出たが、どれも実効性か実現性に欠けていて、今夜までの宿題となってしまった。しかし先の会議で出た宿題の、《キリトタウン》に代わる町の名前は、リーファからなかなか気の利いた提案があった。

その名も《ラスナリオ》。元ネタはケルト神話に出てくる王様の城で、森の町のように円形の壁で囲まれていたらしい。俺たちの町に王様はいないが、誰からも異論は出なかった――というより全員が即座に賛成したのでそれが正式名となった。ラスナリオが本物の町となれるか、あるいはわずか三日で廃墟と化すのかは、明夜の戦いに懸かっている。

会議の間じゅうアルゴがちらちら俺を見ていたのは、ムタシーナの魔法を喰らってしまったことを皆に打ち明けろという意思表示だったのだろうが、結局最後まで言えずじまいだった。言えば全員が心配し、怒り、魔法を解くことを最優先課題にしてくれるだろう。だが俺には、ムタシーナを殺し、彼女のスタッフをへし折る以外にこの呪いを破る方法はないという不吉な確信があるのだ。皆の貴重な時間を無駄にするわけにはいかない。いまは仲間全員が少しでもレベルとスキル熟練度を上げ、町の守りを固めるべき時だ。

会議が終わってから近付いてきたアルゴは、呆れたように「この意地っ張りメ」と囁いたが、いちおう俺の判断は尊重してくれたようで、「まあオレっちもやれることをやってみるヨ」と付け加えてアスナたちのほうに去っていった。

意地っ張りなのは認めるが、俺だって根拠もなくディスペル不能と判断したわけではない。会議で《絞輪》について詳しく説明した時、ユイが難しい顔で言ったのだ。魔法の規模が大きすぎるし効果が強力すぎる、と。

ムタシーナがＡＬＯから闇魔法スキルを引き継いだのだとしても、猶予期間の終了とともに熟練度は１００まで下がったはずだ。その状態で使える魔法は、片手剣ソードスキルに喩えれば三連撃《シャープ・ネイル》相当でなくてはおかしい。なのに《忌まわしき者の絞輪》は、最上位スキルである十連撃《ノヴァ・アセンション》──いやＡＬＯには存在していない二刀流スキルの最上位、二十七連撃《ジ・イクリプス》をも上回るクラスの極大魔法だとしか思えない──。

ユイの言葉に一同ただ黙り込むしかなかったのだが、ムタシーナが熟練度１０００クラスの魔法を使ったことは間違いない。ならば解呪にも同じレベルの魔法か、同等の稀少アイテムが必要になるだろう。少なくとも、ムタシーナがそんな魔法を使えた理由が解るまでは、解呪にこだわるべきではない。

うとうとしながらそんなことを考えていると、急行電車が早くも花小金井駅に滑り込んだ。次の田無駅で各駅停車に乗り換えなくてはならない。結局熟睡はできなかったが、学校に着いてから二十分くらいは眠れるだろう。

膝に載せたバッグの上の紙袋を抱え直し、快適な座席から立ち上がる心の準備をする。

電車が緩いカーブを通過すると、背後の窓から朝日が差し込んできて首筋をちりりと灼いた。明け方まで雨を降らせていた雲は東の空へと去り、今日はいい天気になりそうだった。

午前中の授業をどうにか居眠りせずに乗り切った俺は、昨日と同じく図書館に隣接する緑地——《秘密の庭》へと急いだ。左手には食堂で買った軽食の袋、右手にはデパートのロゴ入り手提げ袋。

生け垣に隠された狭い隙間をすり抜けると、爽やかな植物の香りが鼻孔をくすぐる。芝生はほとんど乾いているが、木々の梢は青々として、根からたっぷり吸い上げられた雨水が導管を流れる音が聞こえるようだ。

俺は緑地に一歩入ったところで足を止め、小さな丘の中央に並んでそびえる二本の常緑高木——タイワンネムノキとビャクダンの下で、こちらに背を向けて立っている女子生徒の姿に見入った。

黄緑色の木漏れ日が、長い髪をきらきらと彩る。帰還者学校の制服を着ているのに、まるで幻想世界の住人のようで、これ以上近付いたら消えてしまうのでは……という思いに駆られてしまう。

と、立ち尽くす俺の存在を感じたかのように、女子生徒がふわりと振り向いた。

こちらを見て一瞬微笑んでから、すぐ拗ねたような表情を作る。俺が慌てて駆け寄っていくと、ぷいっと横を向いて言う。

「もう、どうしてキリトくんはいつも後ろで黙って見てるの？」

「ええー、いつもってことないだろ……」

「最初っからそうだったもん」

「さ、最初って……？」

「アインクラッド一層の迷宮区で、わたしがコボルドと戦ってるところを陰からこっそり見てたでしょ」

まさか四年近くも昔のことをいまさら持ち出されるとは思わず、俺は苦笑を浮かべつつ抗弁した。

「だって、戦闘の邪魔するわけにもいかないし……。戦い終わったらちゃんと声を掛けたじゃないか」

「第一声が、さっきのはオーバーキルすぎるよ、だったけどね。正直、第一印象は《変な人》と《危ない人》の中間くらいだったかな」

「あっ、ひでえ……俺は真剣にアスナの身を案じてだなぁ……」

と俺が答えた途端、ぷふっと小さく噴き出す。つられて俺も笑ったが、あの時戦闘が終わるまで声を掛けなかったのは、本当は見とれていたからだ。流星のように闇を貫くアスナの剣技の、あまりの美しさに。

ひとしきり笑うと、アスナは突然両腕を広げ、俺をぎゅっと抱き締めた。

「ほんとは、声を掛けてくれてちょっと嬉しかったよ。この世界にも、まだ他人を気に掛けるプレイヤーがいるんだって思えたから」

「………」

どう答えていいのか思いつかず、せめて抱き締め返そうとしたが、両手が塞がっているのでそれも叶わない。やむなくアスナの頭に自分の頭を触れさせて、気持ちを直接伝えようとする。成功したのかどうかは不明だが、数秒後にふわりと離れたアスナは、いつもの穏やかな笑みを浮かべて言った。

「さ、お昼にしよ。お使いさせちゃってごめんね」

「いいよ、だって今日はアスナの……」

そう言いかけた俺の口を、アスナが人差し指で塞ぐ。

「それはご飯の後で聞きたいな」

「……了解」

頷き、二つの袋を両方左手で持つと、制服のポケットからポリエチレンシートを出して芝生に敷く。細長い形の手提げ袋は背後に退避させておいて、食堂で買ってきたバゲットサンドと野菜ジュースを取り出す。昨日の昼食もバゲットサンドだったが、日替わりで色々なメニューが登場するので飽きることはない。

「はい、こっちがアスナのニシソワーズ」

「ありがと。キリトくんは何にしたの？」

「ゴルゴンゾーラとドライトマト」

「へえ、それも美味しそう。ねえ、半分こしようよ」

「いいけど……」

頷いたものの、ぱりっと焼かれたバゲットを手で綺麗に千切ることはできないし、さりとて俺の食べかけを渡すのも気が引ける……と思っていると、アスナがスカートの左ポケットから銀色のものを取り出した。鍵が二本ついたキーホルダー——いや、小ぶりなマルチツールだ。刃渡り五センチほどのナイフを引き出すと、逆向きに差し出してくる。

「はい、これで頑張って！」

「………い、いいけど……」

受け取りはしたものの、再びアスナの顔を見てしまう。

「……これ、いつも持ち歩いてるの？」

「そうだよ」

「なんでまた……お巡りさんに職務質問とかされたら面倒なことになるぞ」

「女子高生は職務質問なんかされないもん」

そうかなあ～と思っていると、アスナがふっと表情を引き締め、言った。

「わたし、決めてるの。次は絶対にキリトくんを守るって」

「え………？」

しばしの途惑いを経て、ようやく言葉の意味を悟る。約三ヶ月前、俺はアスナの目の前で、PKギルド《ラフィン・コフィン》の残党であるジョニー・ブラックこと金本敦に筋弛緩剤を大量注射されて心肺停止状態に陥ってしまったのだ。アスナがどれほどの不安と恐怖を感じたのかは、逆の立場になることを想像すればよく解る。その場合は俺だって、二度と同じことは起こさせないと心に誓うだろう。しかし――。

「……大丈夫だよ、ザザもジョニー・ブラックも逮捕されたんだから、もう俺を狙う奴なんかいないさ」

いくら俺を守るためでも、ナイフなんか持ち歩いてほしくないと伝えるべくそう言ったが、アスナの表情は変わらなかった。

「かもしれないけど、もう絶対に後悔はしたくないから」

ときっぱり言われれば、いまは頷くしかない。

「…………そっか」

右手のナイフを眺めてから、畳んだ包み紙をまな板代わりにして、バゲットサンドの真ん中に刃を当てる。五センチほどのおもちゃめいたナイフだが切れ味は驚くほどで、力を込めると固いフランスパンがざくりと切断される。さして苦労もせず一つ目のバゲットサンドを二分割すると、二つ目に取りかかる。

「……できたよ」

半分になったニシソワーズサンドとトマトチーズサンドを包み直して差し出すと、アスナは「ありがと」と受け取った。ナイフのブレードはティッシュで丁寧に拭ってから折りたたみ、こちらも返す。

バゲットサンドはどちらも美味しく、シェアしてよかったと思わせてくれたが、胸の奥には小石のような不安が居座り続けている。ラフィン・コフィンに俺の知らない残党がまだいて、そいつが襲撃してきた時にアスナがナイフで反撃すれば、過剰防衛で逮捕されてしまう可能性もあるのだ。もちろん俺やアスナが傷つけられていいとは思わない。だが、アスナに武器を携行させるのが最善の手段だとも思いたくない。

ならば俺がナイフを肌身離さず持ち歩くべきなのか。いや——きっと、何かもっといい方法があるはずだ。

あれこれ考えながら無言でパンを咀嚼し続けていると、不意にアスナが呟いた。

「……ごめんね、不安にさせちゃって」

「あ……いや、不安にさせてるのは俺のほうだよ。アスナの目の前で死にかけたんだもんな……。俺自身がもっとちゃんと備えておくべきだったよな」

「ううん、わたしも考えすぎだって頭では解ってるの。こんなもの持ち歩くのはどうかしてるとも思う。けど……キリトくんはＳＡＯ時代から、いろんな人を引きつけるから……いい人も、そうじゃない人も……」

そんなことないよ、と即座に否定したいができない。ラフィン・コフィンの連中が初めて俺を殺しに来たのは、アインクラッド攻略の序盤も序盤、まだ三層にいた頃なのだ。

考えてみれば、ユナイタル・リングにコンバートされたあとも、初日のモクリ一行、二日目のシュルツ一行、そして昨夜のムタシーナまでもが俺の名前を口にしていた。中学の頃はクラスでもまったく目立たないポジションだったのに、いったいどこでボタンを掛け違えてこんなことになってしまったのか。

だが、いまさら改名するわけにもいかない。アスナが不安に駆られているなら、それをどうにかして取り除くのが俺の役目だ。

「……俺ももっと身辺に気をつけるよ。菊岡さんにも、何か安全を確保する方法がないか相談してみる」

するとアスナは、バゲットサンドの最後の一片を右手に持ったまま眉を寄せた。

「わたし、あの人はいい人とそうじゃない人の中間に分類してるけどね」

「あー、まあ、そうかも」

俺がしかつめらしく頷くと、アスナはくすっと笑った。

二人同時にバゲットサンドを食べ終え、野菜ジュースを飲み干すと、俺たちはゴミを手早く片付けてから再びシートに並んで腰掛け、空を見上げた。

真っ青な空にはまだ夏の気配が残っているが、この緑地にいると不思議に暑さを感じない。四方を建物と生け垣に囲まれているのに、気持ちのいい風が吹き抜けてアスナの髪を揺らす。いったい誰が手入れをしているのか……と考えるのはもう十回目くらいだが、相変わらずここで他の生徒や教職員の姿を見ることはない。

頭上では、ビャクダンとタイワンネムノキの葉が擦れ合ってさらさらと心地のいい音を立てている。樹勢はビャクダンのほうがやや立派だが、アスナによればこの種類は半寄生植物で、地面の下で隣のネムノキの根から水や養分を吸い取っているのだという。ネムノキにとってはいい迷惑だろうが、もちろん樹は何も言うことなく、ただ梢を風に揺らすのみ。

俺もアスナからたくさんのものをもらっているが、果たして何かを返せているのか。そんな思考を頭から押しやり、体の向きを変えると、隣のアスナをまっすぐ見つめる。

「……誕生日おめでとう、アスナ」

精いっぱいの気持ちを込めてそう言うと、アスナはしばらくその言葉を噛み締めるかの如く無言でじっとこちらを見ていたが、やがて柔らかな声を返してきた。

「ありがとう、キリトくん」

どちらからともなく顔を近付け、短いキスを交わす。学校の敷地内だが、《秘密の庭》でなら許されるだろう、きっと。

「……ほんとはね」

顔を俺の肩に乗せたまま、アスナが囁いた。

「ほんとは、去年の誕生日の時は、ちょっとやだなって思ってたの。この一週間だけ、キリトくんと二つも離れちゃうから」

「え……そんなこと気にしてたのか？」

「大問題だよー。……でも、アンダーワールドで、キリトくんに精神的な年齢は追い抜かれたでしょ？」

言われてみればそのとおりだ。俺は、時間が加速されたアンダーワールドで二年間を過ごしたが、それは現実世界では一週間にも満たない出来事だったのだ。いまの俺は精神的にはほぼ二十歳で、アスナより年上ということになる——そんな実感はまったくないが。

「そっか……じゃあ今日で、アスナに一歳ぶん追いつかれたことになるのか」

「そういうことにしておいて。まあ、来週のキリトくんの誕生日には、十八歳おめでとうって言うけどね」

「そうしといてくれ」

二人、声を上げて笑う。

それが収まったタイミングで、俺は背後に退避させていた手提げ袋を引き寄せ、底を両手で支えて差し出した。

「えっと……これ、プレゼント」

高いものじゃないんだけど、とか何にすればいいのか解らなくなっちゃって、とか付け加えそうになるのをぐっと我慢していると、アスナは輝くような笑みを浮かべて受け取った。

「ありがと、キリトくん。開けていい？」

「う……うん、どうぞ」

アスナは手提げ袋に封をしているシールを丁寧に剝がし、中を覗き込んだ。軽く首を傾げ、いったん袋をシートに置いてから、両手をそっと差し込む。

取り出されたのは、赤いリボンが掛かった細長い包みだ。上部を留めるテープを剝がすと、不織布が花弁のように開き、中身を露わにする。白い鉢に植えられた、高さ二十センチほどの苗木。細い幹の下のほうから、ぎざぎざした特徴的な形の葉が何枚も出ている。

アスナは一枚の葉に優しく触れてから、さっと顔を上げて言った。

「これ、シュガーメープルの苗ね！」

「う、うん。……見て解るんだな」

「もちろんだよ、わたしたちの思い出の樹だもん。……すごく嬉しいよ、ありがとう、キリトくん」

そう囁くや、もういちど抱きついてくる。細い体を両腕で包み込むと、遠い情景が鮮やかに甦る。

アスナは思い出の樹と言ったが、俺たちの記憶にあるのは立ち木ではなく加工された姿だ。

旧アインクラッド二十二層にあった初代《森の家》のウッドデッキに置かれていた揺り椅子。その素材がメープル、つまりカエデの樹だったのだ。

マホークルという名の木工細工師が作ってくれたあの揺り椅子は、わずか二週間で終わってしまった結婚生活の象徴のような存在だった。アスナはいつも俺を先に座らせて、まるで猫のように膝に乗ってきた。仮想の結婚と仮想の家具——しかし、俺たちが共有した時間と感情は本物だった。

昨日アルゴに、仮想世界のアスナと現実世界のアスナを切り分ける意味はないと言われた時、俺は思ったのだ。今年のアスナへのプレゼントは、二人の過去と未来を象徴するものにしよう——と。

「この苗、二人で一緒に育てて、いつか大きな樹にできるといいなと思って……。もちろん、しばらくはアスナに任せることになっちゃうけど……」

俺がそう言うと、アスナは俺の胸に顔を埋めたまま、水気を帯びた声を響かせた。

「うん……うん。きっと、立派な樹になるよ……。家に帰ったら、さっそく大きい鉢に植え替えて……」

だがそこで、言葉は不自然に途切れてしまう。俺が首を傾げると、不意にアスナがさっと顔を起こし、目尻に涙を滲ませたまま周囲を見回した。

「ど……どうしたんだ？」

「……わたし、ちょっと思ったんだけど……。この苗、ここに植えさせてもらえないかな？　そしたら、二人でお世話できるし」

「あ…………」

なるほど、と思う。しばらくはアスナの自宅で鉢植えとして育ててもらうつもりだったが、メープルの苗ものびのびと根や枝葉を伸ばせる地植えのほうが嬉しいだろう。将来的に移植が可能なのか調べる必要はあるが、この《秘密の庭》に植えさせてもらえるならそれがベストな気がする。

「そうだな……でも、この緑地、誰が管理してるのかぜんぜん解らないんだよな……」

俺が呟くと、アスナも頷いた。

「わたしも調べようと思ったことはあるんだけど、誰かに話して秘密じゃなくなっちゃうのも嫌だなって……」

「そうなんだよなー。いまのところ、ここを知ってるのは俺たちとリズとシリカ、それに昨日連れてきたアルゴだけだからな……。――あ」

ふと思いついたアイデアを口にする。

「だったら、アルゴに調べさせようぜ。あいつなら簡単に突き止めるんじゃないか？」

「ええ？」

目を丸くしたアスナが、すぐに仄かな苦笑を浮かべる。

「確かにアルゴさんなら調べられそうだけど……情報代を要求されたら、キリトくんが払ってよね」

「ム……ま、まあ、管理人のことはさておいて、その苗木はどうする？　いったん俺が自宅に持ち帰ろうか？」

「まさか、わたしが持って帰るわよ」

即答すると、アスナは鉢の中の土に触れて湿り気を確認してから包み直し、紙袋に収めた。その状態だと縦横十五センチ、高さ四十五センチはあるが、重さは一キロ弱なので女の子でも持ち歩けないということはまったくない。——のだが。

「でも、ほら、今日は……」

そこまで言っただけで、アスナはあっという顔になった。

俺とアスナは二人とも、昼休み後の授業を欠席することになっている。もちろんサボりではなく、昨日の俺と同じ応募前職場見学だ。昨日はでっち上げの申請だったが、今日の行き先は俺が実際に就職を希望している会社である。《海洋資源探査研究機構》と称する独立行政法人……すなわち《ラース》。

「うーん……」

二秒ほど思案したアスナが、すぐに頷く。

「まあ、ラースは空調がしっかりしてるし、何時間か置いておくくらいなら大丈夫だと思う。

このメープルの苗木、すごく元気だし」

「へえ、そういうの解るのか？」

「葉っぱの色つやを見ればね。しっかり世話されてる、いい苗だよ」

「そっか……」

昨日、銀座でアルゴと別れてから都内でシュガーメープルの苗木を売っている場所を検索し、池袋のデパートに入っているガーデニングショップがヒットしたので寄ったのだが、どうやらちゃんとした店だったようだ。こんどアスナを連れていこう……と思いながら言う。

「じゃあ、せめて帰りはタクシーに乗れるよう交渉しておくよ。というか……もうそろそろ時間だな。校門に一時十五分でいい？」

「了解。ていうか、わたしもう荷物持ってきてるもん」

「え、ほんと？」

見回すと、緑地の端にあるベンチに、見慣れたスクールバッグが置いてあった。残念ながら俺はそこまで気が回らず、荷物は教室に置きっぱなしだ。

「……じゃあ、校門で」

「うん。プレゼントほんとにありがとう、キリトくん」

両手で手提げ袋を抱えて微笑むアスナにさっと手を振り、俺は小走りに緑地から出た。

9

海洋資源探査研究機構ことラースは、港区六本木の裏通りにある小体なオフィスビルに居を構えている。

ここは本来《ラース六本木支部》であり、本拠は遥か南の伊豆諸島沖に浮かぶ海洋研究母船《オーシャン・タートル》に置かれていたのだが、かのメガフロートが国によって封鎖されてしまったいま、ここが活動主体ということになる。

約束の午後二時半にビル一階のインターホンで名乗り、自動ドアを開けてもらった俺とアスナはエレベータで五階に上がった。廊下の先にもう一段階スマートロックがあり、携帯端末と生体認証でスライドドアを開けた途端──。

「キリト、アスナ、いらっしゃい！」

目の前で大きく両手を広げ、少しはしゃぐような声で歓迎してくれたのは、白いブラウスに紺のロングスカートを合わせた金髪碧眼の女性だった。

「アリス、久しぶり！」

叫んだアスナがぴょんと前に出て、抱擁を交わす。次いで俺も、右拳を持ち上げてこつんと打ちつけ合う。

もちろん、整合騎士アリス・シンセシス・サーティとは今朝ユナイタル・リングの中で別れたばかりだ。だがこうして現実世界で会う機会はなかなかない。世界初のボトムアップ型真性汎用人工知能として大々的に発表されたことで、アリスは数多のマスコミや企業、大学等々の注目を集め、存在の真偽を含めていまだ活発な議論が続いている。

ことを複雑にしているのは、ラースは独立行政法人——つまり半官半民の研究機関であり、アリスの法的な所有権は国にあると判断されていることだ。しかも、アリシゼーション計画を立ち上げた菊岡誠二郎が所属している防衛省、海洋研究母船オーシャン・タートルを所管していた文部科学省、国の次世代ＡＩ戦略を推進してきた総務省と、三つもの関係省庁が主導権を争っているらしい。

したたかな菊岡と神代凛子博士は、その状況を利用して国の動きを鈍化させ、そのあいだに《ＡＩの人権》に関する議論を広く巻き起こそうとしている。必要なのはアリスがいかに人間らしいか——というより人間そのものであるかを多くの人に認識してもらうことで、そのためにアリスは色々なイベントだのパーティーだのに駆り出される日々が続いていたのだ。最近になってようやくスケジュールが落ち着いてきて、それゆえに俺たちとユナイタル・リング世界を冒険できているのだが、リアルで顔を合わせるのは二週間ぶりだ。

「さあ、早くＳＴＬ室に行きましょう」

そう言って、アリスが勢いよく振り向くと、かすかにアクチュエータの駆動音が聞こえた。

比嘉タケル研究主任が開発したマシンボディは日々アップデートを重ねているようだが、まだ生身の人間とまったく見分けがつかない、というところまでは残念ながら到達していない。

しかし比嘉さんは、いずれ俺たち人間もアリスに近付いていくことになるだろう——そして遠い未来には、人とAIたちが同一の存在となり、新たな生物界《テクニウム》を作ることになるだろうと言っていた。

生きているうちにその日を見たいものだ……と思いながら、俺はアリスとアスナを追いかけた。

やはり二週間ぶりに会う神代博士は、俺とアスナを見た途端に菊岡の急な依頼を詫びたが、こちらはもともとアンダーワールド再訪を希望していたわけで、謝ってもらう必要はまったくない。

当然ながら、凛子さんたちもラーススタッフの誰かにアンダーワールドを偵察させることを検討したらしい。だがいまの状況ではスーパーアカウントはおろか高レベルアカウントさえも使えないことと、人界に関する基礎知識が不足していることを考慮して、俺がダイブするのがベストという結論に至ったようだ。そう判断してもらえたのはありがたいが、正直なところ、俺も現在の人界がどうなっているのかよく知らない。

前回のダイブで宇宙空間に出現してしまった俺とアスナ、アリスは、《整合機士》を名乗るスティカとローランネイという少女たちが操縦する宇宙船（！）で央都セントリアの飛行場に着陸し、そこから奇妙な乗り物の荷室に潜んでローランネイの家に連れていってもらったのだ。しかし荷室に窓がなかったのでセントリアの街並みはろくに見ていないし、スティカたちとも少しばかり話をしただけでタイムリミットが来てしまったので、情報収集という意味ではまったく不十分だった。現在のアンダーワールドは現実比一倍、つまり無加速で稼働しているので次に潜る時にまた数百年経過してしまっているということはないのだが、できることなら——

「……俺たちがダイブしてる時だけ、一千倍加速に戻せないもんかな……」

案内されたSTL室で、制服の上着を脱ぎながらそう独りごちると、近くで機械のチェックをしていた神代博士が振り向いて苦笑した。

「そのフレーズ、ラースのあちこちで一日五回は聞くわよ。作業が終わらないから加速したいとか、ゲームやるひまがないから加速したいとか」

そう言う博士自身もなかなかお疲れのご様子なので、思わず真剣に訊いてしまう。

「実際に、STLってそういう使い方はできないんですか？　アンダーワールドじゃなくて、適当に作ったバーチャルオフィスにダイブして、主観時間加速機能を使って作業するみたいな……」

「原理的には可能よ。でも、それをするにはオーシャン・タートルにある《メイン・ビジュアライザー》と同等のハードウェアが必要なの。あれを一台作るのに、最新のメインフレームが十台買えるくらいのお金が掛かったらしいわ」

——メインフレームって一台いくらなんですか、と訊こうとしてやめる。すると凛子さんはくすっと笑い、続けた。

「でも、遠い未来には……そうね、三十年とか四十年とか経ったら、FLA機能のあるウェアラブル端末が一般化して、誰もが加速環境で仕事をしたり勉強したりするようになってるかもしれないわ。もちろんゲームもね」

「三十年後ですか……」

二〇五六年には俺は五十歳近い。果たしてまだVRMMOで遊んでいるのか、そもそもその頃までMMORPGというジャンルが存在しているのか。

「もうちょっと早いと嬉しいですね。できれば十年後くらいで……」

凛子さんにそう答え、俺はSTLの隣に設置されたリクライニングチェアを見た。そこにはすでにアリスが腰掛け、こちらの準備が終わるのをいまかいまかと待っている。

「アリス、キリトタ……じゃなくてラスナリオの様子はどんな感じ？」

その質問を予期していたかのように、騎士様はすらすらと答えた。

「三十分前にログアウトした時点では、平穏そのものでしたよ。パッテル族は熱心に畑仕事をしていますし、バシン族は狩りに出かけて大きなシカを仕留めてきました。作物や肉を交換したりして、案外仲良くやっているようです」

「それは何よりだな、バシン族がパッテル族を食べようとするんじゃないかってちょっと心配してたからさ」

半分冗談、半分本気でそう言うと、アリスではなくアスナが、隣のSTLに設置されたついたての向こうから呆れたように答えた。

「バシン族さんたち、食生活は植物中心みたいだよ。動物は《神の樹》に祈ってからじゃないと狩っちゃいけなくて、しかも一日に狩れる数が決まってるみたい」

その言葉に、かすかな衣擦れの音が重なる。俺は上着を脱いだだけでダイブするつもりだが、アスナは前回も今回も備え付けのSTL専用ウェア（とラースでは言っているが単なるガウン型パジャマ）に着替えている。理由を訊いたら、制服が皺になっちゃうでしょと言われた。

「……神の樹って、ギヨル平原にあるっていうでっかい樹のことか？」

STLのジェルベッドに横たわりながら訊くと、着替え終わったアスナがついたての奥から現れ、頷いた。

「そうそう。わたしもゆうべ見たけど、丘の上に高さ百メートルくらいあるバオバブみたいな樹が二本並んでて、すごく壮大な景色だったよ。あれはお祈りしちゃうかも」

「へえ……。そう言えば、シノンから預かった銀貨にも二本の樹がレリーフされてたな。あれ、アスナが見た樹だったのかな？」

「さあ……わたしはその銀貨を見てないから……」

　アスナが肩をすくめると、反対側でアリスが言った。

「いえ、あの百エル銀貨に彫られていた樹は、リアルワールドのバオバブとは形が違いますね。どちらかと言えば、白金樫のような広葉樹だったと思いますが」

　シラカネガシはアンダーワールドの固有種なのでややこしいが、言わんとするところは解る。つまりユナイタル・リング世界には、バシン族以外にも二本並んだ樹を神聖視する文化があるということか。今夜シノンに会ったら、改めてあの銀貨をどこで手に入れたのか訊いてみよう……と思っていると。

「さあ、マシンの準備はできたわ」

　タブレット端末を操作していた神代博士が、俺とアスナを見て言った。

「みんなはどう？」

「準備ＯＫです！」

　俺が代表して答え、アスナとアリスも勢いよく頷く。

「じゃあ……もうすぐ三時だから、五時になったら前回と同じジェスチャー・コマンドでログアウトしてね。戻らなかったら、五時十分に強制切断するわよ」

「……それ、せめて六時までになりませんかね？」

　食い下がる俺に、凛子さんがきっぱりとかぶりを振る。

「だめよ、今日は安全確認が目的なんだから。桐ヶ谷くんと明日奈さんが問題なく接続できることを確かめないと、長時間のダイブは認められないわ」

「はぁーい……」

「侵入者関連の具体的な調査は、土曜日の本番まで待つこと。セントリアの街を見物するのはいいけど、セントラル・カセドラルには近寄らないように！」

だめ押しとばかりにそう釘を刺すと、神代博士はアリスを見た。

「……アリス、あなたも知りたいことがたくさんあるでしょうけど……もう少しだけ我慢してね。いつか、アンダーワールドに毎日、好きなだけ行けるようにしてあげるから」

「ええ、解っています、リンコ」

微笑みながらそう応じたアリスが、リクライニングチェアの上で瞼を閉じた。俺とアスナもジェルベッドに横たわり、ヘッドレストの凹みに頭をしっかりフィットさせる。

「じゃあ、始めるわね」

凛子さんがタブレットを叩くと、部屋の照明が絞られた。重々しい駆動音とともに、ＳＴＬのヘッドブロックがスライドしてきて、俺の頭に被さる。

機械音が少しずつ遠ざかり、そよぐ風のような、打ち寄せる波のような不思議な音が聞こえ始める。マシンが俺の魂――フラクトライトそのものにアクセスし、現実世界から切り離していく。

ふわりと穏やかな浮遊感。俺は、どこか懐かしい気配のする暗闇をゆっくりと降下していく。

まず、光が見えた。

極小の白い輝きが、虹色の放射光となって拡大し──視界を覆い──さらに広がり。

あまりの眩しさに何度も瞬きしてから、俺は自分が窓越しに太陽を見ているのだと気付いた。大きなアーチ窓から視線を外し、周囲を見回す。天井が高く、壁や柱に丁寧な装飾が施された中世ヨーロッパ風の部屋……いや、これはセントリア様式だ。前回のダイブでローランネイが案内してくれた、アラベル家の客間。三十畳はありそうな部屋に設えられた一人用ソファーに、俺は腰掛けている。

右側を見ると、大きな三人掛けサイズのソファーに、アスナとアリスが並んで座っていた。二人とも、無言で室内を見回している。アスナは白を基調としたドレスに真珠色のアーマーを重ねた、創世神ステイシアの姿。そしてアリスは青いドレスに黄金のアーマーという整合騎士の姿──。

ならば俺は、と自分の体を見下ろす。

裾がコート状に長く伸びた黒い上着と、同色のズボン。比翼というのか、ボタンを隠すための大きな前立てと肩のエポーレット、そして襟と袖口は白地に金糸で縁取りされている。この服は上級修剣士の制服……に似ているが違う。セントラル・カセドラルの地下牢から脱走した後に、武具庫で無断拝借したものだ。その後、何人もの整合騎士や元老長チュデルキン、そして最高司祭アドミニストレータと戦った時もずっとこれを着ていたので最終的にはボロボロになってしまったはずなのに、いまは小さなかぎ裂き一つ見当たらない。

「……なあアリス、この服って最終的にどうなったんだっけ？」

「は？」

何度か瞬きしてから、アリスはきゅっと眉をひそめた。

「ええと……お前をカセドラルからルーリッドの村へ連れていく時に荷物に入れて、セルカに針仕事を教わりながら修繕して、人界守備軍に参加した時に着せておいたはずですが……その後どうなったのかまでは……」

「ふうむ……でも、繕った跡とかぜんぜんないんだよな……」

「キリト、それはいま知るべきことなのですか？」

呆れ顔でそう言ったアリスは、ふと数秒前の自分の言葉を再生するかのように口を動かし、いきなりガシャッ！と鎧を鳴らして立ち上がった。

「——セルカ！」

妹の名前を叫び、床を足早に横切って南のアーチ窓へ。ガラスに両手を押し当て、そのまま動かなくなる。

俺はアスナと顔を見合わせてから、同時にソファーから立った。アリスの隣まで移動すると、先刻は陽光に紛れて見えなかったものが見えた。

街並みの彼方で、夕空を貫く白亜の巨塔。

人界四帝国の中心にそびえ立つ、公理教会セントラル・カセドラル――。

ようやく、再びアンダーワールドに戻ってきたのだという実感が湧いてきて、俺は深々と空気を吸い込んだ。無意識のうちに両手が動き、両腰にある重さの源を確かめる。

左腰には、剛毅なデザインの黒い長剣――《夜空の剣》。

そして右腰には、優美なデザインの白い長剣――《青薔薇の剣》。

青薔薇の剣の鞘を握っていた右手を上にずらし、鍔に施された小さな薔薇の彫刻に触れる。何かを感じないかと、無言で繰り返し撫でる。だが指先の皮膚に伝わってくるのは、ひんやりとした硬さだけ。この剣の以前の……いや、正当な所有者である亜麻色の髪の若者の体温は、当たり前だがかすかにも残っていない。

指先をさらに移動させ、少し細めの柄を握る。刀身を抜き出そうとしたが、それ以上右手が動かない。

青薔薇の剣は、アドミニストレータとの戦いの最中にユージオと融合して巨大な剣となり、最高司祭のレイピアと相討ちになる形で半ばから折れてしまった。その剣を、俺は異界戦争の終盤で昏睡状態から目覚めた時に心意力で修復したのだが、いまもまだ完全形を維持しているのか、それとも再び破損状態に戻ってしまったのかは定かでない。アンダーワールドに於ける心意とは、イマジネーションで事象を上書きするというイレギュラーな力であり、原則的にその効果は永続しないのだ。

俺のたった一人の親友は……ユージオは、もうこの世界から去ってしまった。その事実を、俺は受け入れなくてはならない。

だが、アリスの最愛の妹であるセルカ・ツーベルクは違う。

俺自身に記憶はないのだが、八月一日に現実世界で目覚めた直後、俺はアリスに告げたのだそうだ。

——君の妹セルカは、ディープ・フリーズ状態で君の帰りを待つ道を選んだ。セントラル・カセドラル八十階、あの丘の上で、いまも眠りについている。

その言葉が本当なら、いま見ている白亜の塔で、セルカはずっとアリスの帰還を待ち続けていることになる。しかし、スティカとローランネイによれば、現在は星界暦五八二年。これは人界暦が名前を変えただけらしいが、異界戦争が勃発したのは人界暦三八〇年のはずなので、実に二百年以上もの年月が過ぎ去っているわけだ。そのあいだ、カセドラルを管理する人々は、石像状態のセルカをそっとしておいてくれただろうか。

ローランネイたちの話では、現在のアンダーワールドを統治しているのは公理教会ではなく、《星界統一会議》なる行政機関らしい。その名前にはぼんやりとだが聞き覚えがある。

暗黒神ベクタことガブリエル・ミラーを倒し、人界守備軍と一緒にセントリアに戻った俺とアスナは、成り行きで整合騎士たちに協力して事態の収拾に当たることとなった。その時に、暫定的な新統治組織として検討されていたのが、《人界統一会議》……だったはずだ。

「なあアスナ……」

アスナにも同じ記憶があるかどうか確認するべく、俺は振り向いた。途端、びくっとフリーズしてしまう。

きょとんとこちらを見ているアスナの後方で、部屋の扉が少しだけ開いている。そしてその隙間から俺たちを覗き見る、小さな人影。

すぐにアリスとアスナも気付いた。三人に注目された人影がぴゅっと引っ込みかけたので、アスナがすかさず声を掛ける。

「ま、待って！　わたしたち、怪しい者じゃないわ」

いやあ怪しいだろう、と思わざるを得ない。人影がこの屋敷の住人なら、俺たちはいきなり屋内に出現した不法侵入者のようなものだ。

だがさすがはアスナの人徳と言うべきか、数秒後に人影は再び隙間に現れた。こちらが辛抱強く待っていると、おずおずと室内に入ってくる。

年の頃八つか九つくらいの、たぶん男の子。白いシャツに黒いビロードの半ズボン、黒髪を短めに切り揃えている。いかにもいい家のお坊ちゃんという感じ……きりっとした顔立ちや髪の色からしてローランネイの弟、だろうか。

少年は、俺、アスナ、アリスを順に見ると、ぺこりと会釈してから思いのほかハキハキした声で言った。

「皆さんのことは、姉のローランネイから聞いていています。僕はフェルシイ・アラベル。はじめまして」

さっき逃げようとしたわりには立派な挨拶ではないか……と感心してから、少年の細い両脚が小刻みに震えているのに気付く。

それは怖いだろう。ローランネイが具体的にどう説明したのかは解らないが、俺たちは過去の人界から時を超えて出現したのだから、不法侵入者どころか幽霊に近い。だがフェルシイと名乗った少年は、両手をしっかり握り締め、背筋をまっすぐ伸ばし続けている。

かつて修剣学院で俺の傍付きを努めてくれた、同じアラベル姓の女の子もそうだった。普段は気弱そうなのに、いざという時は驚くほどの勇気を発揮して、異界戦争では学生の身ながら人界守備軍に参加して心神喪失中の俺を最後まで守り抜いてくれた。

ローランネイとフェルシイは、恐らく彼女——ロニエの親族か、ことによると直系の子孫だろう。そしてローランネイの同僚であるスティカ・シュトリーネンは、ロニエの親友ティーゼの子孫。

そう。この星界暦五八二年のアンダーワールドには、もうロニエとティーゼはいないのだ。二人だけではない。ソルティリーナ先輩も、アズリカ先生も、ガリッタ爺さんやサードレ親方も……かつて俺を助け、導いてくれた人たちは皆、フラクトライトの根源へと還ってしまった。

俺がログアウトしたのは、現実時間でたった一ヶ月と少し前でしかないのに――。

胸を突き刺すような痛みに襲われ、身動きもできない俺の代わりに、アスナがフェルシイにゆっくりと歩み寄った。びくっと体を震わせる少年から二メートルほど距離を取って中腰になり、目の高さを合わせる。

「はじめまして、フェルシイ君。わたしはアスナ。そっちの黒い人がキリトで、あっちの金色の人がアリス。よろしくね」

「…………」

フェルシイは、俺にほんの半秒ほど視線を向けてから、アリスを見た。青みがかった灰色の瞳が、大きく見開かれる。

「……アリス……様」

か細い声で呟いた少年の顔に、深い畏怖と崇敬の色が浮かぶ。どうやら二百年が経過しても、整合騎士アリス・シンセシス・サーティの威名は人界に鳴り響いているらしい。ローランネイによれば、俺とアスナは三十年前までアンダーワールドの《星王》及び《星王妃》なる大仰な役職に就いていたという話なのだが、フェルシイの知識に俺たちの名前は存在しないようだ。俺自身、その星王云々という話は七割がた信じていないのだが。

黄金の騎士をじっと見つめたまま、少年は再び口を小さく動かした。

「本物……なのですか？　歴史の教科書やいろんな物語に出てくる、《金木犀の騎士》アリス

様……？」

そう問われたアリスは、少々困ったような顔で答えた。

「何をもって本物とするのか解りませんが……確かに私はアリス・シンセシス・サーティで、これは《金木犀の剣》です」

アリスが左腰の長剣を叩くと、フェルシイの顔がぱっと輝いた。どうやら現実世界と同じく、アンダーワールドでもこの年頃の男の子は武器のたぐいが大好きらしい。

「金木犀の剣……！　すっげえ……じゃなくてすごいです！　いにしえの時代の、本物の神器ですよね……ひと薙ぎで山を吹き飛ばし、嵐もかき消したっていう……」

「………………」

これにはさしものアリスも顔を引きつらせた。金木犀の剣の武装完全支配術が凄まじい威力を持っていることは俺も我が身で体感したが、二百年のあいだにいささか尾ひれがついているらしい。

騎士様をひといじりしたいという衝動に耐えていると、感傷の痛みも薄れていくのを感じた。俺はふうっと息を吐いてから、少年に問いかけた。

「なあ、フェルシイ君。いま、本物の神器って言ったけど……この時代には、神器って存在してないのか？」

するとフェルシイは、再び表情を硬くしつつも答えてくれた。

「そうです。整合騎士団……姉さんが所属している宇宙軍の機士団じゃなくて、生きた飛竜に乗っていたほうの騎士団が封印された時に、現存する神器も全部封じられたと聞きました」

「封印……？」

アリス、アスナと顔を見合わせてしまう。

一ヶ月と少し前、俺たちはこの部屋でスティカとローランネイに現在のアンダーワールドについてレクチャーしてもらったのだが、時間が限られていたうえに二人も俺たちにあれこれ質問したがったので、最新の世界情勢や政治体制をざっと教わるのが精いっぱいだった。ゆえにこの二百年に起きたことはほぼ何も知らないのだが、それにしても《封印》とはいささか不穏な響きの言葉だ。

「フェルシイ、昔の騎士団はいつ封印されたのですか？」

アリスの質問に、少年はほんのり頬を紅潮させながら答えた。

「はい、人界暦が星界暦に切り替わってすぐの頃と教わったので……だいたい百年前でしょうか」

「百年……」

呟いたアリスが、再び窓の向こうのカセドラルを眺める。

現在のアンダーワールドは、時刻が現実世界と完全に同期しているので、こちらも午後三時過ぎだ。だが季節はずれているらしく――その理由は恐らく、アンダーワールドの暦は一ヶ月三十日、一年が三百六十日だからだろう——空はすでに夕暮れの色に染まりつつある。室内の空気もひんやりと冷たい。

いちばん薄着のアスナが小さく身震いしたのを見て、フェルシイが言った。

「ああ……この部屋、寒いですよね。すぐ暖房を入れます」

——だ、暖房？

と思う間もなく、少年は入り口近くの壁に歩み寄り、二本並んでいるレバーの片方を引いた。がこん、という音の発生源は、床に近い壁面に設けられた五、六本の横長スリットだ。続いて低い振動音が聞こえ、すぐに俺たちの足下まで暖かい空気が流れてくる。現実世界のエアコンよりずっと反応が早い。

「そ……それ、どういう仕組みなのですか？」

アリスが訊ねると、フェルシイは一瞬ぽかんとしてから、小走りに戻ってきて言った。

「そうか、アリス様の時代には冷温機がなかったんですよね」

「れ……れいおんき？」

「はい。家の地下に永久熱素と永久凍素、永久風素の封密缶と制御盤が設置されていて、屋内の冷暖房や温水冷水の供給などを行っています」

「『封密缶⁉』」

と、アリスのみならず俺も叫んでしまう。凍素はともかく熱素を頑丈な容器に密封するのは大変危険な行為で、下手をすると制御不能の熱暴走状態に陥り、大爆発してしまうこともあるのだ。

恐らく、ローランネイたちが駆る機竜も同じ仕組みで飛んでいたのだろうが、いったいどこの誰がそんな危ない代物を開発したのか——。

驚くやら呆れるやらで絶句する俺とアリスの隣で、アスナは素直なコメントを発した。

「へえええ、そんな凄い仕組みになってるのねえ。他のおうちもみんなそうなの？」

「ええ、最近では貴族だけでなく一般民の住宅にも設置されていますね。ですが……」

フェルシイは、幼い顔に大人びた憂いの色を滲ませて続けた。

「三年ほど前から、セントリア市に限らず、大都市はどこも空間力の供給不足が問題になってきているのです。住宅や商店だけでなく、工場や公共施設、それに街中を走り回っている機車や連機車にも封密缶は使われていますから」

「……キシャにレンキシャ……」

再びアリスと顔を見合わせる。前回、飛行場からこのアラベル家まで連れてきてもらった時に馬のいない馬車のような乗り物に乗ったのだが、つまりあれが機車というやつなのだろう。熱素は八種類ある素因の中では最も空間神聖力を消費するのだから、それを大都市圏で野放図に使えばリソースが枯れるのも当然だ。

まさかアンダーワールドでも資源枯渇が問題になっているとは……と嘆息しつつ、空調装置から漏れてくるかすかな唸りに耳を澄ませていた俺は、ふと他の音がまるで聞こえないことに気付いた。

「なあフェルシイ、ローランネイや他のご家族は留守なのか？」

早くも《君》が取れてしまったが、少年は気にする様子もなく頷いた。

「はい、姉はもちろん宇宙軍基地に出勤していますし、母親も基地で、父親は北セントリア行政府で働いていますから。……ああ、でも……」

フェルシイが扉を開け、勢いよく二度手を叩くと、やがて廊下からチャッチャッという音が聞こえてきた。数秒後、客間に大きな灰色の塊が飛び込んできて、俺とアスナとアリスは揃って上体を仰け反らせた。

羊……ではなく犬だと思うが、現実世界では見たことのない犬種だ。ひと言で表現すれば、もこもこの巻き毛になったアフガン・ハウンド。顔はしゅっとスマートだが、両耳の飾り毛がくるくるにカールしているので、中世ヨーロッパの貴族を連想させる。というか特定の誰かに似ているような……と考えてから、小学校の音楽室にあったヨハン・セバスチャン・バッハの肖像画だと気付く。

灰色の大型犬は、フェルシイの隣で前脚を揃えてお座りすると、俺たちをつぶらな瞳で眺めた。その首筋を撫でてやりながら、フェルシイが言う。

「こいつは《ベル》、ウェスダラス生まれのブルハ旋毛種です。僕より年上だけど、いちばんの友達なんです」

言葉の意味が解ったかのように、巻き毛犬がひと声「わんっ！」と吠えた。途端、アスナが胸の前で両手を握り締め、叫ぶ。

「わあ……すっごく大きいね！　撫でていい？」

「ど……どうぞ」

とフェルシイが答えた時にはもう、アスナは移動を開始していた。犬を脅かさないためか、低い姿勢で横方向から近付く。同じ向きでしゃがみ込み、優しい声で話しかける。

「こんにちは、ベル。わたしはアスナよ」

「わふっ」

という返事に敵意は感じられない。アスナはまず自分の手の匂いをしっかり嗅がせてから、ベルの右耳の後ろあたりをそっと掻いた。犬が気持ちよさそうにしているので、徐々に動きを大きくしていく。

「……アスナの犬好きは本格的ですね」

隣のアリスがそう囁いたので、俺はこくりと頷き返した。

「小型犬だけかと思ってたけど、でかいのもいけるんだなあ」

「犬型の神獣を見たらどう反応するのか気になるところです」

「え……アンダーワールドってそんなのもいるのか？」

「ずっと昔の話ですけどね。──それより……」

アリスはいっそう声を低めると、思わぬことを口にした。

「少し妙だと思いませんか？　姉や両親が出勤しているからには、今日は安息日ではないはず。なのに、あの年頃の子供が、どうして学校に行っていないのでしょう？」

「え……？　もう帰ってきてただけじゃないか？」

「まだ三時十五分ですよ」

と言ったアリスの視線を辿ると、壁に落ち着いたデザインのアナログ時計が掛かっている。俺がダイブしていた頃のアンダーワールドでは、あらゆる街や村に設置されている《時鐘》が毎時零分と三十分に奏でるメロディーだけが時刻を知る手段だった。何度「時計があればなあ」と思ったか知れないが、二百年のあいだにとうとう誰かが時計を開発してくれたらしい。

ともあれ、金色の針が指し示す現在時刻は確かに三時十五分。この世界の小学校の放課時刻を詳しくは知らないが、確かにちょっと早いと言われればそんな気もしてくる。

「……アリス、直接訊いてみろよ」

「……お前が訊けばいいでしょう」

「言い出したのはそっちだろ」

「私は少し妙だと言っただけです」

俺と騎士様が、そんな実利のない言い合いをしていると──。

「そういえばフェルシイ君、学校はもう終わったの？」

両手でベルの首筋を撫でまくっていたアスナがストレートにそう訊ねる声が聞こえて、俺はアリスと同時にそちらを見た。

フェルシイは、ブルーグレーの瞳を一瞬見開いてから、さっと顔を俯けた。だがアスナは表情も気配も変えず、じっと少年の言葉を待ち続けている。あの、言葉でもジェスチャーでもなく存在感だけで受け止め、穏やかに包み込むようなオーラこそ、アスナの真骨頂だ。

フェルシイが、俯けていた顔を少しだけ持ち上げ、アスナを見る。ベルが首を伸ばし、飼い主の手をぺろりと嘗める。それに勇気づけられたように、少年が口を開いた。

「実は……僕はもう、三ヶ月近くも学校には行っていないんです」

環境問題に続いて教育問題まで！　と思ったがもちろん軽口を叩いたりはしない。現実世界だろうとアンダーワールドだろうと、あの年頃の子供が学校に行けないのは極めて深刻な問題に決まっているからだ。

アスナはごく仄かな笑みを浮かべたまま、いちど頷いてから質問を重ねた。

「そっか。――フェルシイ君は何年生なの？」

「……北セントリア幼年学校初等部の三年生です」

ということは、見立てどおり八歳か九歳だ。しゃべり方は大人びているが、内面はまだまだ年相応に幼いはず。そんな子供が三ヶ月も学校に行けないというのは、ローランネイの様子を見る限り家庭に問題があるわけではなさそうだし、やはりいじめが理由だろうか？　二百年前に俺とユージオを辟易とさせた上級貴族の嫌がらせのような行為が、この時代にもまだ残っているのか？

事と次第によっては幼年学校に乗り込んでいじめっ子を吊し上げてやる……と決意しつつ、次の言葉を待つ。

フェルシイはしばらくベルの首筋を撫でていたが、まず沈黙を保っているアスナを、続いて窓際に立つアリスを見てから、深い懊悩を感じさせる声で言った。

「僕が学校に行かないのは……ケンが下手だからです」

ケンという言葉が何を意味するのかすぐには理解できず、俺は瞬きを繰り返した。アスナとアリスも一瞬途惑ったようだが、やがてアスナが左腰の細剣に――確か固有名《ラディアント・ライト》というGM装備だ――軽く触れ、確認した。

「ケンって……この剣？　幼年学校で、剣を使うの？」

すると今度はフェルシイが驚いたような顔をする。

「もちろんですよ。剣術は体育の授業でいちばん重要な課目ですから。セントリア修剣学院に入学を希望する生徒は、剣術で好成績を収めなくちゃいけないんです」

「…………！」

俺は鋭く息を吸い込んでから、フェルシイに一歩近付き、問いかけた。

「整合騎士団がなくなったのに、修剣学院はまだあるのか⁉　五区の森の中に⁉」

　すると、わずかに怯えたような顔をしていた少年も、驚きの表情を浮かべた。

「キリト……さん、でしたよね？　姉からは異界の人だと聞いていますが、修剣学院を知っているんですか？」

　前回のダイブで、俺はスティカとローランネイに、自分は《星王》なんぞという大層なものではなくただの異界人であると主張しまくったので、弟にはそのように説明してくれたらしい。フェルシイが異界をどのように認識しているのかも気になるが、そこを追究するのは後回しにして、軽く胸を張る。

「そりゃもちろん。俺はあそこの卒業生だからな」

　言ってからしまったと思う。実際には、俺とユージオは上級修剣士になったばかりの五月に禁忌目録違反の罪を犯し、学院を中途退学してしまったのだ。だが幸いこの場にそれを知っている者は一人も……

「こほん」

　とアリスがわざとらしく咳をしたので、再びヤベェと首をすくめる。退学になった俺たちを逮捕連行するために現れた整合騎士こそ、アリス・シンセシス・サーティその人ではないか。だがいまさら訂正したらせっかく上昇したフェルシイの信頼度が急降下してしまいそうなので、素知らぬ顔で無視する。

幸いフェルシイはいまのやりとりに気付いた様子もなく、顔を輝かせながら叫んだ。

「えっ、卒業生……⁉ 異界人なのに、どうやって入学したんですか⁉」

「ザッカリアで推薦状をもらって、入学試験を受けたんだよ。神聖術が苦手だったから一年目は苦労したけど、二年目は上級修剣士の第六位だったんだぞ」

これは嘘ではない。修剣学院が存続しているなら、二百年後のいまでも学籍簿を確認すれば俺が六位、ユージオが五位という記録が見つかるはずだ。

俺の自慢を聞いたフェルシイは、胸の前で小さな両手を握り締め、わなわなと体を震わせた。

「上級修剣士第六位……⁉ す、すごい……さすが、アリス様の従者なだけはありますね！」

「いやまあ、それほどでも……ん、んん？」

フェルシイの言葉の後半部分に愕然とする俺を見て、アスナとアリスが同時に噴き出した。

どうやらローランネイは弟に、異界人キリトは整合騎士アリスの従者だと説明したらしい。それもまあ、考えてみればやむを得ない。星王と星王妃が帰還したのでないのなら、どうしてアンダーワールドに現れたのかとローランネイたちに詰問されて、苦し紛れにアリスの護衛をするためだと答えてしまったのだ。護衛という言葉がどこかで従者にすり替わったとしても、それはローランネイではなく俺の責任だ。ゆえに俺はアリスの家来という身分に甘んじつつ、フェルシイに語りかけた。

「確かに修剣学院に入るなら剣の腕前は必要だろうけど、君はまだ初等部の三年生だろう？　入学試験は中等部を卒業してからなんだから、あと六年以上もあるじゃないか。そのあいだにいくらでも伸びるだろうし、いまからそんなに思い詰めることはないよ」

するとフェルシイは、愛犬の首に手を置いたまま、歳に似合わぬ憂いを帯びた笑みを滲ませてゆっくりとかぶりを振った。

「……姉も両親も同じことを言いました。けど……僕は、剣と大地の神テラリアに見放されているんです」

「…………？」

二重の疑問を感じて、アリスと視線を交錯させる。二百年前は、テラリアは大地の恵みを司る女神で、剣とは関係なかったはずだ。それに、神に見放されるとはどういう意味なのか。

途惑う俺たちをちらりと見上げてから、フェルシイは犬の首から離した小さな右手に視線を落とした。

「……僕は、初めて剣を握ってから三年ものあいだ、たったの一度も秘奥義を発動できたことがないんです。同級生たちと同じように木剣を握り、同じように構えても、基本技の《雷閃斬》さえ使えない。両親が心配して個人教師をつけてくれたのですが、先生も一週間でさじを投げました」

右手をきつく握り締め、喉の奥から声を押し出すように続ける。

「剣術の授業で無様な姿を晒すたびに、僕はアラベル家の名誉を汚しているんです。二百年前の《四帝国の大乱》で大きな武功を上げ、十七という若さで整合騎士に叙任された、ロニエ・アラベル・サーティスリーの名前に泥を塗っているんです」

その名前を聞いた途端――。

俺は頭の芯に雷が落ちたような衝撃を感じ、小さく喘いだ。

ロニエが……俺の傍付き練士をしていたあの小柄で優しい女の子が、整合騎士に？　四帝国の大乱という言葉にも聞き覚えがない。異界戦争後のアンダーワールドに、再び争乱が起きたのだろうか？

暗黒神ベクタを倒してからの記憶がほとんど残っていないことを、改めてもどかしく感じる。現実比五百万倍という《限界加速フェーズ》のあいだに、俺とアスナは二百年近い時間をこのアンダーワールドで過ごしたはずなのだが、世界で何が起き、俺たちが何をしたのかはまるで覚えていない。

最後の記憶は、東の大門跡地で開かれたダークテリトリーとの和睦交渉の場で、暗黒界軍のイスカーン総司令官となぜか殴り合った場面だ。頬を腫らしたイスカーンに「確かにおめぇは俺より強ぇ」と言われた覚えがあるので和睦は成ったはずだが、そこで記憶は完全に途切れている。

そう……考えてみれば、俺とアスナがアンダーワールドからログアウトしたわずか三分後には時間加速も終了したのだから、俺たちは約三十年前までこの世界に留まっていたことになる。最近とは言えないが大昔でもない。王様をしていたという話は恐らく何かの間違いだろうが、山奥でひっそり暮らしていたとも思えないので、直接の交流があった人間だって少なからず存命しているだろう。

しかし探し出すのは難しい。セントリア市で辺り構わず「俺のこと知ってます？」と訊いて回るわけにはいかないからだ。今回ダイブしたそもそもの目的はアンダーワールドに侵入しているのが何者なのか、目的は何なのか調べることなので、こちらから目立つような真似をするのは本末転倒だ。

ロニエとティーゼについてもっと知りたい……という渇望を押さえつけ、俺はフェルシイに語りかけた。

「秘奥義を発動できないっていうのは、技を最後まで出し切れないって意味かい？　それとも、ライトエフェクト……じゃなくて光彩さえも出ない？」

「……あとのほうです。何回剣を構えても、光も音も出ないんです」

「ふむむ……？」

俺だけでなく、アスナとアリスも小さく首を傾げた。

確かに秘奥義――ソードスキルの発動にはいくらかコツがあるが、ＶＲＭＭＯ初心者でさえ二、三十分も練習すれば摑める程度のものだ。要は規定された位置と角度で剣をホールドするだけのことで、慣れればジャンプ中はもちろん、逆立ち状態での発動さえも不可能ではない。それが、三年間も練習して、ただの一度も発動できないなどということが有り得るのか。

「……ええと、フェルシイ。無理にとは言わないけど、一回俺たちの前で試してみてくれないか？」

　すると少年は、痩せた体をびくっと強張らせ、そのまま俯いてしまった。少しして、掠れた声が流れる。

「……すみません……。騎士アリス様とその従者様に技を見ていただくのはとても光栄なことだと思うんですが、僕の木剣は道具小屋のいちばん奥の箱にしまい込んでしまって、簡単には取り出せません……」

　嘘ではあるまい。だが同時に、自分への言い訳でもあるのだろう。ここで引き下がったら、少年が自分の心に蓄積させた無力感や苦手意識を増強させてしまう。

　なら俺の剣を貸すよ、と言いかけてやめる。右腰に差した青薔薇の剣も、左腰の夜空の剣も、クラス40超の神器級オブジェクトだ。それはアリスの金木犀の剣も、アスナのラディアント・ライトも同じ。たった九歳の少年には持ち上げることさえできないだろう。ストレージに何か入ってなかったっけ……と考えてしまってから、アンダーワールドにはそんなもの存在しないことを思い出す。いまの俺の持ち物は二本の剣と、ベルトポーチやポケットに入っている小物だけだ。

ならば。

俺は広い客間を見回し、テーブルの上に置かれた銀の燭台に目を留めた。ただのインテリアなのだろう、針に蠟燭は一本も刺さっていない。

歩み寄り、燭台を持ち上げる。アスナがきょとんとしているいっぽうで、アリスが「まさか」という表情になったが、何か言われる前に意識を集中させる。お座りしているベルが何かを感じたのか「わふっ」とひと声吠えたが、フェルシイが頭に触れるとすぐにおとなしくなる。

突然、燭台がぴかっと光り、滑らかに変形し始めた。三本のアームが一本に融合し、短めの刀身に。広がった土台部分も収縮し、細めのグリップに。

ほんの五秒足らずで、燭台は子供にちょうどいいサイズの小剣へと形を変えた。軽く上下に振ってバランスを見ていると、アリスがつかつかと歩み寄ってきて——。

「このお調子者！　なんでもかんでも心意で片付けようとするものではないと、何度言えば解るのですか!!」

ひえっ、と首を縮め、アスナに視線で助けを求める。だが創世神さまは、軽く肩をすくめるばかり。やむなく自力で抗弁を試みる。

「い、いや、この場合しょうがないって言うか……いまのは単純な形状変化で、材質まで変えたわけじゃないし……」

「そういう問題ではありません!!」

そうだろうな、と俺も思う。正直、まだベクタ戦の時なみに心意力を使えるのか試してみたかったという動機もゼロではない。どうやら力は衰えていないようだが、これに慣れてしまうとユナイタル・リング世界に戻った時にいっそうフラストレーションが溜まりそうだ。

「悪い悪い、今後は控えるよ。でもほら、なかなかいい出来だろう？」

即席の小剣をアリスに見せてから、俺はフェルシイに向き直った。

少年は、青灰色の瞳を零れんばかりに見開き、口をぽかんと開けていた。やがてそこから、わななくような声が発せられる。

「……………き、キリトさん……いまの、心意力……なのですか？　いにしえの整合騎士たちが編み出し、いまでは最上位の機士だけに伝わっているという秘術……キリトさんは従者なのに……」

「え……心意ってそんななの？」

二百年前には、整合騎士どころか修剣学院の生徒でも使うやつは使ったのに……と思ったが、確かに物質形状変化はアリス級の整合騎士にしか使えなかったかもしれない。ここは誤魔化す一手だ。

「まあ、ほら、俺は従者の中でも騎士に近いほうだから」

「……確かに、剣を二本も持っていますしね……」

「そうそう。それより、これ持ってみろよ」

フェルシイに歩み寄り、銀の小剣の切っ先を摘まんで差し出す。

少年はしばらく躊躇っていたが、意を決したように右手を持ち上げ、柄をしっかり掴んだ。俺が先ほどしたように、二、三度上下に振ってから、勢いよく顔を上げる。

「なんだか……凄く扱いやすいです。木剣よりだいぶ重いのに、どうして……」

「重心を手元寄りに調整したからな。先重心のほうが一撃の威力は上がるけど、そのぶん扱いが難しいんだ」

「そうなんですか……」

じっと右手の剣を見つめてから、フェルシイは深く息を吸い、言った。

「じゃあ……《雷閃斬》を試してみます」

「え、ここでいいのか？」

雷閃斬の間合いは意外と広いので、室内で使ったら家具か壁を傷つけてしまいかねない——と俺は懸念したのだが、フェルシイはこくりと頷いた。

「もし発動できても、そこですぐ止めますから」

「そっか」

少年の言葉に潜む諦めの響きが気になったが、俺はそう答えただけで南の窓際に戻った。ドア近くにいたアスナも小走りに移動してきて、アリスの隣に並ぶ。

フェルシイはベルから充分に離れると、廊下側の壁に沿ってスタンスを取った。

　まず小剣を中段に据え、そこから右足をわずかに引きつつ、右手の剣を上段に移動させる。手首はあまり返さず、刀身の角度は四十五度ほど。二連撃《バーチカル・アーク》でほぼ水平、四連撃《バーチカル・スクエア》ならばマイナス四十五度くらいまで深く倒すが、バーチカルはあれで正解だ。

「できてるわね」とアスナが、

「見事なものです」とアリスが囁いた。

　二人の言葉どおり、フェルシイの構えは完璧だ。剣の位置、角度、使い手の姿勢にも文句のつけようがない。なのに、青い光彩も、甲高い振動音も発生しない。

「なんでだ……？」

　呟いた俺は、無意識のうちに左腰から夜空の剣を抜いていた。

　懐かしい手応えを感じながら、右肩の上に掲げる。ＳＡＯ時代から数えれば何千、いや何万回使ったか解らないバーチカルの発動モーションを入れると、キイィインという耳に馴染んだ音とともに刀身から澄んだブルーの光が放たれる。

　こちらをちらりと見たフェルシイが、諦念と絶望の入り混じった表情を浮かべ、力なく剣を下ろした。俺も慌ててソードスキルを中断し、剣を鞘に戻したが、アスナとアリスに睨まれてしまう。

「ち、違うよ、念のために確認しようと……」

もごもご言い訳してから、フェルシイに近付く。項垂れてしまっている少年に、腰を落として語りかける。

「君の構えは完璧だったよ。——と言っても慰めにはならないだろうけど……」

「いえ……キリトさんにそう言っていただけるだけで嬉しいです」

ぎこちない笑みを浮かべてそう答えると、フェルシイは右手の剣に視線を落とし、続けた。

「……では、僕が秘奥義を使えないのは、僕自身に原因があることではないんですね？」

「うん……そう思う。何らかの外的な要因が働いてるんだ。それが何なのかまでは……すぐには解らないけど……」

本当は、このまま何時間でもフェルシイに付き合って、《外的な要因》の正体を突き止めてやりたい。だがそれは不可能だ。神代博士が俺たちに与えてくれたのはたった二時間、すでにそのうち四十分が経過してしまっている。

年の割に大人びた少年は、感情を無理やり抑え込むような笑みを浮かべ、言った。

「僕のせいじゃないと解っただけでも有り難いです。それなら……神様に見放された不運を嘆くことができますから」

「…………」

すぐには頷けず、俺は小さく唇を噛んだ。

アンダーワールドに神は存在しない。創世の三女神ことステイシア、ソルス、テラリアは、最高司祭アドミニストレータが公理教会の権威を確立するために、ラースが設定したスーパーアカウントの名前を流用してでっち上げた代物だからだ。フェルシイの秘奥義発動を妨げているのは神の気まぐれなどではなく、もっと具体的な力であるはずだ。

しかしいまのフェルシイには、そう思い込む以外に自分を納得させるすべはないのだろう。

「これ……ありがとうございました」

両手で銀の小剣を差し出すフェルシイに、俺は言った。

「それは君が持ってていいよ」

「え……でも……」

「手に馴染むんだろ？　訓練はしなくてもいいから、毎日暇な時間に握ったり振ったりすればいいさ」

「…………」

なおも躊躇う様子のフェルシイに、俺の背後からアリスが声を掛けた。

「持っていなさい、それで何か変わるかもしれませんよ。だいたいそれは元々、アラベル家の燭台だったのですから」

そりゃそうだ、と思っていると――。

「キリト君、鞘も作ってあげたら？」

アスナにそう言われ、俺は立ち上がった。

「ええ？　でも、素材が……」

「だったらこれを使ってください」

そう言ってフェルシイが差し出したのは、燭台の下に敷いてあった分厚い革製マットだった。この調子で変形させていったら客間の小物がどんどんなくなってしまいそうだが、確かに燭台が消えてマットだけ残っているのも不自然だ。それに、幼い少年が十秒前とは別人のように両目をきらきらさせているので拒絶しづらい。

「じゃ、じゃあ……」

マットを受け取り、フェルシイが左手で持っている剣を一瞥してからイメージを集中させる。長方形のマットが白い光を帯び、生き物のように姿を変えていく。細長く丸まってから平らに潰れ、一方の端が尖り……光が消えると、俺の手中には赤茶色の革鞘が出現していた。

「ほら」

差し出すと、フェルシイは感嘆の表情で受け取り、小剣をそっと鞘に収めた。

「……凄い、ぴったりですよ！」

「まあ、そう作ったからな」

「心意力でこんなことができるなんて……」

「俺はしょせん従者だけどな。騎士様の心意はもっと凄いぞ」

と言った途端、アリスにぐりっと背中を小突かれ、俺は「いてっ！」と叫ぶ寸前でどうにかか堪(こら)えた。

そんな俺たちにやれやれという顔を向けてから、アスナが両膝(りょうひざ)に手をつく。

「ねえ、フェルシイ君。良かったら、わたしたちに街を案内してくれない？」

「え……」

と途惑(とまど)ったのは少年だけではない。俺も反射的に眉(まゆ)を寄せたが、すぐにいい考えかもと思い直す。

侵入者(しんにゅうしゃ)のことを調べるには、いずれセントリア市街に出なくてはならない。だが二百年前とは街並みもずいぶん変わっているだろうし、右も左も解(わか)らない三人でうろつくよりは、案内人がいてくれたほうが安心できる。

フェルシイは小剣(しょうけん)をベルトの左側に吊(つ)るしながら少し考える様子だったが、すぐに勢いよく頷(うなず)いた。

「いいですよ。一人だけでの外出は両親に禁じられていますが、皆(みな)さんと一緒(いっしょ)なら大丈夫(だいじょうぶ)だと思います。……ただ……」

アスナとアリスを順に見上げ、眩(まぶ)しそうに目を細めながら付け加える。

「……アリス様とアスナ様の格好は、ちょっと目立ってしまうかもしれません。最近は、王宮の近衛兵(このえへい)でも全身鎧(ぜんしんよろい)は着ていないんです」

「そっか……うーん、どうしよ」

そう呟いたアスナはアリスと何やら囁き交わし始めたが、俺は別のところが気になった。

「お……王宮？　それって、皇帝の城のことか？」

すると今度はフェルシイが訝しげに瞬きする。

「皇帝……？　――いえ、四皇帝家は二百年前の《四帝国の大乱》で廃されて、一区のお城は北セントリア行政府になっています。王宮はセントラル・カセドラルのことですよ」

「え……でも、いま人界を治めてるのは星界統一会議ってやつだろ？　その上に王様もいるのか？」

「ずっと昔はいたんです。人界だけじゃなくて、カルディナとアドミナの双子星を両方治めてたから《星王》と呼ばれていたそうですが……」

出たよ星王、と思いながらアリス、アスナの顔を見やる。二人とも胡乱げな顔をしているが、俺も同じ表情になっているだろう。

ローランネイとスティカが、どうして俺とアスナを星王アンド星王妃だと思い込んだのかは知らないが、やはり考えれば考えるほど俺にそんな役割をこなせたとはどうしても思えない。だがいっぽうで、記憶している最後の場面では、俺は人界側の代表として暗黒界のイスカーン総司令と対面しているのだ。当時はキリのいいところで整合騎士の誰かに代表を押しつけると決めていたはずだが、それができずにズルズルと職に留まり、最終的には王様にまでなってしまったのか？　そしてアスナはお妃様に……？

「いやいやいや……」

口の中でそう呟くと、俺は意を決して少年に訊ねた。

「その星王って、名前は何ていうんだ？」

フェルシイが俺の名前を聞いても認識できなかったのだからキリトではあるまい。しかし、何かで俺に繋がる名前だったらどうしよう……と緊張しつつ待っていると。

「伝わっていません」

と、フェルシイは答えた。

「は？」

「星王と星王妃の名前は、どんな史書や伝承からも消されているんです。没後に縁者や子孫を名乗る者が現れて、政治が混乱することを防ぐため……と言われていますが……」

「…………」

再びアスナたちと視線を交わす。為政者の名前を歴史から完全に消し去るなどということができるとは思えない。現実世界の古代エジプトやバビロニア王朝には名前の解らない王がいた気がするが、それは何千年も昔のことだからであり、アンダーワールドの星王はほんの数十年前までこの世界を治めていたはずなのだ。

しかし、九歳のフェルシイにこれ以上食い下がるのも酷というものだ。ひとまず星王関係は棚上げして、話題を戻す。

「なるほどね……とりあえず、二人の鎧はこの家に置いていくしかないんじゃないか？」

「……鎧はそれでも構いませんが……」

そう応じたアリスが、左手で金木犀の剣に触れた。

「……剣はどうするのです？　これを手放すのは気乗りしません」

「あー、それは俺もだな……」

渋面を作る俺たちに、フェルシイが微笑みながら言った。

「剣は大丈夫ですよ、貴族はもちろん、一般民でも帯剣している人は珍しくないですから」

「ほほう……」

ローランネイたちの話では、二百年前に存在した一等から六等までの爵士等級は廃止されたらしいが、それでも貴族制度自体は残っているわけだ。アンダーワールドにとっていいことなのかそうでないのかは、俺には判断できない。

しかしいまはそれを利用させてもらうことにして、二本の剣はベルトに残しておく。宇宙まで行ける航空機があるのにまだ銃ではなく剣が現役というのもアンバランスな話だが、考えてみればアンダーワールドには神聖術があるので銃は発達しなかったのだろう。

アスナとアリスが脱いだ鎧は、フェルシイの提案で客間の隅にあったキャビネットに隠す。

さらには二人が羽織れる落ち着いた茶色の外套も貸してもらい、外出の準備が整った時には、壁の時計は午後四時に迫っていた。ほっとしたのは、長針が12の数字を指すと同時に窓の外から懐かしい鐘の音が聞こえてきたことだ。時計が普及しても、街々の時鐘は変わらず毎時の旋律を奏で続けているらしい。

メロディーが鳴り止むと、タイムリミットまで一時間。まずは北セントリアで一番賑わっているエリアに案内してもらって、時間の許す限り食べ歩き、ではなく情報収集に努めねばならない。

フェルシイに続いて客間を出ると、長い廊下が左右に続いている。前回の訪問時はどたばたしていて気付かなかったが、どうやらアラベル家の屋敷は想像していたよりかなり広いらしい。俺の傍付きだったロニエは、自分とティーゼの父親は六等爵士なので暮らしは質素なものだと言っていた記憶があるので、二百年のあいだに建て替えもしくは引っ越しをしたのかもしれない。

少年と犬の後ろを歩いていくと、広大な玄関ホールに出る。この空間だけで我がログハウスをすっぽり呑み込んでしまいそうだ、というのは大げさだが——。

「……卓球台を四面くらい置けそうだな」

隣のアスナに囁きかけると、怪訝な顔を向けられる。

「キリトくん、卓球好きなんだっけ？」

「いや特には」

「だったらなんで卓球台に喩えたのよ……」

「さすがにテニスコートは無理だと思って」

などと実のないやり取りをしている間に、フェルシイは重厚なコートハンガーから毛織りのコートを取って小剣の上に着込んだ。ベルに何やら言い聞かせると、犬は「わふん」と答えて廊下の奥へと去っていく。

「さあ、行きましょう」

振り向いてそう言ったフェルシイが、巨大な両開き扉を押し開けると、ひんやりした微風が吹き込んできてアスナとアリスの長い髪を揺らした。冬の東京に吹く埃っぽい空っ風とは違う、ノルキア湖の水気を含んだ北セントリアの——アンダーワールドの空気。

——帰ってきたんだ。

改めてそう思いながら、俺は三人に続いて扉の外へと出た。

アラベル家は、屋敷だけではなく前庭も広かった。玄関からまっすぐ延びる石畳の両側には綺麗に刈られた低木が並び、その奥に黒っぽい鋳鉄の正門が見える。庭の右側にはシャッター付きの平屋があって、もしあれが外見どおりのガレージなら機車とやらが保管されているのかもしれないが、さすがに運転してみたいとは言い出せない。

振り向いてみると、母屋は二階建てで左右対称デザインの、想像を上回る豪邸だった。俺の感覚だと一等か二等爵家クラスだ。二百年のあいだにアラベル家はかなりの栄達を成し遂げたらしい……が、この広さなのに使用人をまったく見かけないのはどういう理由だろうか。

再び正面を見る。正門の向こう側にも、アラベル家ほどではないが堂々たる石造りの屋敷が連なり、その彼方ではセントラル・カセドラルが夕空を貫いてそびえ立つ。高さは二百年前と変わっていないようで、最上部には天文台めいたドーム屋根も見える。あの中は、かつては最高司祭アドミニストレータの部屋だったのだが、いまは誰が住んでいるのだろう。

「ほら、行くよキリトくん」

その声に視線を下げると、アスナとアリス、フェルシイが少し先で立ち止まって俺を待っていた。

「ああ、悪い」

小走りで追いつき、いよいよ二百年後のセントリア市に出るのだ、という心の準備をしようとした——その時。

どこか遠くから、巨大な木管楽器で同じ音をひたすら鳴らしているような、不思議な高音が聞こえてきた。ふぁうん、ふぁうんというその音は、少しずつ大きくなる。音量が増しているのではなく、発生源が近付いてきているらしい。

突然、フェルシイが弾かれたように振り向き、石畳の右側を指差しながら叫んだ。

「皆さん、あの植え込みの奥に隠れて！」

少年の声と表情は、どうしてと訊き返している余裕がないことを告げていて、俺は反射的にアスナとアリスの腕を摑んでいた。二人を引っ張りながらダッシュし、ガレージを囲む高さ一メートルほどの植栽の陰に飛び込む。幸い植物の枝葉は柔らかく、まずアスナたちを押し込んでから、俺も隣に潜る。

葉っぱの隙間から正門方向を覗くのとほとんど同時に、大型の移動物体が門の向こうに姿を現した。

四隅に大きな車輪がついた、シンプルな箱形の乗り物。フェルシイが言っていた《機車》だ。前回のダイブで、飛行場からこの屋敷まで移動する時にも乗ったのだが、いま見ているものは一回り以上大きい。車体は明るい灰色に塗られ、側面に漢字とカタカナ——ではなく汎用語で何やら書かれているようだが門の鉄柵が邪魔で読み取れない。屋根には怪音の発生源であろうサイレンが見えるので、救急車かパトカーに類するクルマかもしれない。

サイレンが止まると同時に側面にある扉が勢いよく開き、ばらばらと人影が飛び出してきた。大きな門を外から押し開け、敷地内に駆け込んでくる。総勢六人……全員が灰色の制服と制帽らしきものを身につけ、腰に小型の剣を下げている。

「あの制服、どこのやつ？」

アスナの囁き声に、俺とアリスは同時にかぶりを振った。

「いや、知らない」「見覚えありません」

俺だけでなくアリスも知らないからには、二百年前には存在しなかった機関の制服だろう。

六人は若い者でも二十代、上は五十代と見えるので学生ではあるまい。

息を殺して覗き見ていると、若い男が肩掛け鞄から何やら弁当箱のようなものを取り出し、あちこちに向け始めた。あごひげを生やした最年長の男が近付き、張り詰めた声で問いかける。

「どうだ、まだ心意計に反応はあるか？」

「新しい反応はありませんが、痕跡は明らかです。先刻、戦術級心意兵器が二回連続で起動したのはこの屋敷に間違いありません、隊長」

「むう……」

隊長と呼ばれたあごひげ男が広い前庭を見回し、そこでようやく通路の真ん中に立ち尽くすフェルシイに気付いたらしかった。

「おい、君！」

居丈高に呼びかけられ、フェルシイがびくっと体を引く。俺の左右でアスナとアリスも体を固くしたので、隠れ場所から飛び出したりしないようそっとマントの裾を握り締める。

隊長を含む三人の男たちがフェルシイに駆け寄り、二十メートルは離れている俺にも明瞭に聞こえる大声で誰何した。

「君はこの屋敷の子供か⁉」

その勢いにフェルシイは右足を引いたが、そこで気丈に踏みとどまり、名乗った。

「はい、フェルシイ・アラベルです」

「なぜこの時間に自宅に……いや、それはいい。ノグラン・アラベル爵士かロシェリン・アラベル元機士かローランネイ・アラベル機士はご在宅か⁉」

「いえ……父も母も姉もまだ職場に」

「そうか……」

頷いた隊長が、敷地内を見回す。鋭い視線がこちらに向けられた時は心臓が跳ねたが、隊長は隠れている俺たちには気付かず、再びフェルシイを見下ろした。

「——君、三十分くらい前にここで何か起きなかったか？　変な音を聞いたとか、怪しい者を見たとか」

音はともかく、怪しい者を確実に見ているはずのフェルシイは、しかしきっぱりと首を左右に振った。

「いいえ、気付きませんでした」

「むう……妙だな。この屋敷で、戦術級心意兵器の反応が検出されたんだが……」

腕組みをする隊長に、部下の一人が話しかける。

「隊長、ことによると先月と同様の誤検出なのでは？」

「だが、先月の事例も今回も、庁舎内の心意計がいっせいに反応したんだぞ。精密な器具だが、複数が同時に壊れるということは考えられん」

男たちの会話に耳を澄ませていると、隣でアリスが呟いた。

「……心意兵器とは何でしょう？」

「さあ……」

「それに、あの心意計とかいう道具……心意力の発動を探知できるのでしょうか？」

「さあ……」

俺としてはそう答えるしかないのだが、アリスは青い双眸でじろりとこちらを一瞥してから覗き見態勢に戻った。

六人の男たちはまだ前庭のあちこちをしつこく眺めているが、何らかの規則でもあるのか、通路から出て調べ回ろうとはしない。やがて心意計とやらの誤作動の線で落ち着いたらしく、一箇所に集まって小声で何やら言い交わし、隊長以外の五人が門へと戻っていく。

一人残った隊長はフェルシイの前でしゃがみ込み、目線を同じ高さにしてから謝罪の言葉を口にした。

「フェルシイ君、驚かせて悪かったね。どうやらこちらの手違いだったようだ。それにしても、さすがは名門アラベル家のご子息だけあって、まだ小さいのに実にしっかりしている。君もお姉さんのように機士を目指すのかな？」

——余計なお喋りしてないでさっさと帰れよ！

と、フェルシイの苦悩を知っている俺は内心で毒づいてしまったが、少年の受け答えは堂々としたものだった。

「いえ、僕は学者になりたいと思っています。アラベル家の機士は、ほとんどが女性ですから」

「ふむ。その歳で将来を閉ざすことはないと思うがね」

無神経な言葉に、再びムカッと来た、その時だった。

立ち去ろうとしていた部下の一人——心意計を持っているいちばん若い男が、隊長のところに駆け戻ってきて叫んだ。

「微弱ですが、新たな心意反応を検出しました！」

「なに⁉」

立ち上がった隊長が、四角い箱を覗き込む。二人して箱を庭のあちこちに向けている様子はユーモラスだが、面白がっている場合ではない。もしかしたら、さっき毒づいた時にうっかり心意を発動させてしまったのでは……と考え、懸命に心を無にしようとしていると。

「あっ……」

隣でまたしてもアリスが囁き声を漏らした。

「な、何だよ？」

「あの心意計、もしやお前がフェルシイにあげた剣に反応しているのでは」

「えっ？　……でも、もう変形させてから三十分以上経ってるぞ」

「心意力で形状変化させた器物は、新しい形に馴染むのにしばらく時間がかかる……とかつて最高司祭様が言っておられました。その時は意味がよく解りませんでしたが、たとえば鋳直した金属にしばらく熱が残るように、心意力も残留するのだとしたら……」

「………」

そんなことが、と思うが否定もできない。さんざん使っておいて何だが、アンダーワールド特有の心意というシステムに関しては、俺も仕組みを完全に理解しているわけではないのだ。

だが、言われてみれば、修剣学院時代に同級生の嫌がらせで引きちぎられたゼフィリアの花を心意力で復活させた時、ぼんやりとした燐光がしばらく残っていた気もする。その、アリスの比喩を借りれば《余熱》が心意計に検出されているのなら、隊長たちもすぐにフェルシイの剣が発生源だと気付くだろう。九歳の少年が、俺たちのことを隠しつつ器用に言い抜けられるとは思えない。いますぐ対応しないと、すでに大きな問題を抱えているフェルシイに、さらなる傷を負わせてしまう可能性がある。

「アスナ、アリス」

ずっと握り締めていた二人のマントを離し、俺は囁いた。

「俺が出ていったら、タイミングを見て屋敷に戻って、鎧を着てログアウトするんだ」

途端、予想したとおりの言葉が返ってくる。

「何を言っているのです、私も行きます！」

「鎧なんかどうでもいいよ、わたしも行く！」

「ここで回収しておかないと、二度と取り戻せないかもしれないぞ。それにアリスは、いまは揉め事に巻き込まれるのは絶対に避けないとだろ？」

そう答えてアリスのベルトに装着された革ポーチを指差すと、騎士は強く唇を噛んだ。

ポーチの中には、途轍もなく貴重なものが入っていることを俺は知っている。雨縁と滝刳——かつてアリスを守るために命を落としかけた飛竜たちを、俺が心意力で生まれる前にまで還元した二つの卵。男たちに手荒な扱いを受けて割れてしまえば、いくら俺でももう元には戻せない。

大事そうにポーチを押さえるアリスに素早く頷きかけてから、俺はアスナを見た。

「俺は大丈夫、いざとなったらこれで脱出するから。凛子さんには予定どおり、五時まで待つように伝えてくれ」

そう言って左手を持ち上げると、アスナも何か言いかけた口を閉じた。

《ステイシアの窓》以外のユーザー・インターフェースが存在しないアンダーワールドで、俺たちの自発的ログアウトを可能とするために神代博士と比嘉チーフが実装してくれたのが、左手を使ったジェスチャー・コマンドだ。まず左手の指をまっすぐ伸ばし、小指、中指、親指、薬指、人差し指の順に折り畳むとその信号をＳＴＬが検出し、即座にログアウトさせてくれる。現実世界でやってみたら手の筋が悲鳴を上げたが、アンダーワールドでは二秒で入力できる。しかもユナイタル・リング世界と違って魂の抜けた体が残されることもないので、緊急離脱にも使えるわけだ。

「……解った。でも、くれぐれも気をつけてね」

懸念を押し殺すような顔でアスナがそう囁いたので、俺は「もちろん」と笑いかけ、アリスにもう一度頷きかけてから両腰の剣を外した。

「これ、預かっておいてくれ」

夜空の剣をアスナに、青薔薇の剣をアリスに預け――一本ずつにしたのは単純に重いからだ――、そっと植え込みから出る。

前庭の真ん中では、相変わらず隊長と部下が心意計をあちこちに向けている。フェルシイは反応しているのが自分の剣だと気付いたのか、さりげなく心意計を避けているが、それも長持ちはするまい。

もう、穏便な登場方法を模索している余裕はない。

俺は体を低くしたままガレージの裏まで移動し、無詠唱で風素を二十個ばかり生成すると、両足の裏に十個ずつ集めた。ジェット噴射のイメージで風エネルギーを解放し、猛スピードで垂直上昇する。《心意の腕》、つまり念動力だけで自分の体を浮かせることも可能だが、速度が欲しい時はやはり素因の力を借りたほうが手っ取り早い。

一気に百メートルほども上昇してから、自由落下に転じる。まだ隊長たちも、フェルシイも気付いていない。両手を広げてコースを調整しつつ、足から降下していく。着地直前で残った風素をバーストさせて制動。ズバアァァン！　という大音響とともに、隊長の眼前二メートルの位置に降り立つ。

「うわああ⁉」

悲鳴を上げた隊長がバネ仕掛けの人形のように飛び退き、心意計を持っている若い隊員はその場に尻餅をついた。この隙に俺はフェルシイを見ると、目を丸くしている少年に、「知らない振りをしろ！」と念じかけた。テレパシーが通じたわけでもあるまいが、フェルシイは一度瞬きしてから少し距離を取った。

「な……何者だ⁉」

ひげの隊長が胴間声で喚き、左腰の剣を抜く。見ると、単純な小剣ではなくグリップ部分に機械的な仕掛けがあるようだ。何だろう……と思った瞬間、隊長が親指で丸いボタンを押した。途端、刀身全体にバチバチッ！　と黄色いスパークが走る。

「うわっ……それ、電気？　どうやって発生させてるんですか？」

アンダーワールドに雷属性の素因は存在しないはずなのに、という俺の純粋な疑問に隊長は答えてくれなかった。

「早く言え！　名前と現住所！」

「えっと……名前はキリトですが、住所はないです……」

「ない⁉　ならどこに寝泊まりしているんだ⁉」

「えーっと、憶えてないというか、気付いたらこの屋敷にいたというか……」

「何を馬鹿な、いまどきベクタの迷子だとでも言うつもりか」

懐かしい言葉を口にした隊長は、続いて耳慣れない言葉を発した。

「なら市民番号を言え！」

「はあ？　……番号なんてないですよ……」

「ないわけがあるか！　ステイシアの窓に書いてあるだろう！」

「あ、ああ……」

なるほどね、と思いながら右手で空中にSの字を描き、自分の左腕を叩く。懐かしい鈴の音のような効果音とともに出現したウインドウには、【UNIT　ID：NND7－6355】という文字列が記されている。

「えーと、NND7の6355番です」

「NND7？　北の果てじゃないか……いや待て、六千番台だと⁉　いい加減なことを言うな！」

電気剣を構えたまま、じりじり近付いてきた隊長が、紫色の窓を覗き込む。途端、ひげを生やしたあごがガクンと落ちる。

「まさか……⁉　うちのばあさんでさえ八千番台だぞ、まだ小僧なのにどうして……」

その言葉を聞いて、ようやく思い出す。ステイシアの窓に表記されているユニットIDは、恐らくそのエリアで生まれた人間の通し番号なのだ。俺がルーリッドの村で《生まれた》のは人界暦三七〇年頃のはずなので、二百年後の現在では、番号はずっと大きな数字になっていて当たり前だ。

さてどう誤魔化したものか、と悩んでいると——。

「たっ、隊長！」

尻餅をついたままの若い隊員が、心意計を俺に向けながら裏返った声で叫んだ。

「心意計が反応しているのはこの男です！　何らかの心意兵器を隠し持っているものと思われます！」

「何イイィ⁉」

隊長が弾かれたように距離を取り、電気剣を構えた。正門のほうからも、残り四人の男たちがいっせいに走ってくる。

ともあれ、フェルシイに疑いの目が向けられることを回避するという目的は果たせそうだ。

俺は咳払いすると、可能な限り厳めしい声で言った。

「ああ、確かにいま心意を使ったのは俺だ。何十分か前のもな」

「認めるのか⁉　心意兵器の無許可所持及び使用は人界基本法違反だぞ‼」

「いや、兵器ってわけじゃないけど……」

「だったら何だ、自前の心意だとでも言うつもりか⁉」

そうだよ、と頷くいとまも与えず、隊長は駆け寄ってきた部下たちに指示した。

「この男を逮捕しろ！　抵抗したら、躊躇せずに電撃剣を使え！」

——惜しい、電気剣じゃなくて電撃剣だったか。

と考えながら、俺はおとなしく両手を揃えて差し出した。隊員の一人が腰のケースから無骨な手錠を取り出し、がちん、がちんと音をさせて手首に嵌める。

冷たい鋼鉄の肌触りはどこか懐かしく思えて、なぜだろうと首を捻りかけてからこの世界で逮捕されるのはこれで二回目なのだと気付く。修剣学院で禁忌目録に違反した俺とユージオは、いま後方の植え込みに隠れている整合騎士アリスの手でセントラル・カセドラルに連行され、地下牢の鎖に繋がれたのだ。

あの時は、互いの左手首を縛める鎖を交差させて全力で引っ張ることで鎖の天命を消耗させ、切断することができた。だが一人では、その手は使えない。

——鎖が切れた時、勢いあまって壁に頭をぶつけて文句を言ったよな。

もういない相棒に心の中でそう囁きかけてから、俺は最後にもういちどフェルシイを見た。

少年は、全て察しているのであろう表情で小さく頷き返してくる。

もしかしたら、これでもう二度と会えないかもしれない。頑張れよと視線で伝え、俺は自発的に正門目指して歩き始めた。

押し込まれた機車の乗り心地は、意外にも悪くなかった。

車輪は黒いゴムのような緩衝材で覆われ、しかも板ばね式のサスペンションまで備えている。路面が石畳なので振動はそれなりに伝わってくるのだが、喋ると舌を噛むというほどではない。

もっとも俺は、窓からの眺めに意識を奪われて、道中ずっと口を半開きにしたままだった。

星界暦五八二年の北セントリアは、建物のデザインこそかつての趣向を留めているものの、それ以外の何もかもが二百年前とはかけ離れている。拡幅された道には大小多くの機車が走り、立ち並ぶ街灯が明るい光を放ち、そして何より歩道を行き交う人々の三割ほどが、ゴブリンやオーク、オーガといった亜人族なのだ。中には身長三メートルを超えるジャイアントの姿まである。

暗黒界からの観光客なのかと思いきや、街角で他種族と立ち話をしたり、オープンカフェでお茶を楽しむ様子は完全に風景と融和している。服装にもどこか共通感があるので、亜人たちの大部分がセントリアの住民なのではないだろうか。

俺が暮らしていた頃の人界では、ダークテリトリーの亜人族は悪鬼の如き扱いだったので、まさしく隔世の感がある。この情景を現実のものとするために、歴代の為政者たちはかなりの苦労をしたのだろう。いや——スティカとローランネイの話を信じるなら、二百年ものあいだアンダーワールドの舵取りをしたのは星王と星王妃のたった二人で、しかもそれは俺とアスナだということになるのだが。

「…………ないよなあ、やっぱ……」

呟いた俺の脇腹を、隣に座っている若い隊員が小突いた。

「静かにしてろ！」

「はーい」

口をつぐみ、クッションの薄い座席に沈み込む。

機車は広い目抜き通りをまっすぐ走り、北セントリア一区——かつて帝城があったエリアに入った。窓から前方を見やると、城自体は原形を留めているが、至るところに掲げられていたノーランガルス帝国と公理教会の紋章旗はまったく見当たらない。代わりに、見慣れない紋章が青く染め抜かれた純白の垂れ幕が垂れ下がっている。図案は正円に重なる三つの点……二百年前には存在しなかったデザインだ。

「……あの紋章、何を表してるんだ？」

隣の若い隊員に囁きかけると、今度は怒りより訝しさが勝ったようで、薄気味悪そうな視線を浴びせてくる。

「まさか、統一会議の紋章のことを言ってるのか？」

「あー、あれが……」

「そんなこと、幼年学校の一年生だって知っているぞ。大きい円は双子星の軌道、右上の点が主星カルディナで左下の点が伴星アドミナ、中央の点がソルスを表しているのだ」

「へええ、なるほどね……」

納得しつつ、なおもタペストリーに目を凝らしていると、尖った先端部分にもう一つ別の紋章があることに気付く。小さくてよく見えないが、縦に並ぶ二本の剣を何かの花が取り巻いているようだ。

「……あの、下の紋章は？」

「本気で訊いているのか？　あれは星王の紋章に決まって……」

若い隊員がそこまで囁いた時、機車が左に曲がりつつガタンと大きく揺れた。歩道を横切って、ノーランガルス城――ではなく行政府に付設された建物の敷地に入ったようだ。グレーの車体に黒々と記されていたのは《北セントリア衛士庁》という組織名だったので、ここが庁舎なのだろう。

さして広くもない駐車場には、よく似た外見の機車が他に二台駐められている。この三台で北セントリア全体をカバーしているのだとしたらいささか心許ないが、考えてみればアンダーワールド人は原則的に法を破らないのだ。その性質は二百年経っても変わらないはずだし、ダークテリトリーの脅威も消えたのだとすれば、治安維持のための組織は最小限でも事足りるのだろう。

機車が奥まった区画に駐まると、隊員たちが素早く飛び出し、俺の右側のドア前に整列した。隊長がドアを開け、「降りろ！」と命じる。さすがに体を伸ばしたくなってきたところなので、これ幸いと飛び降りる——前に、運転席に据え付けられている小型のアナログ時計をちらりと確認。四時四十分、ということは凛子さんに約束したログアウト時間まであと二十分、強制的に切断されるまで三十分だ。

「早くしろ！」

怒鳴られてしまったので、はいはいと心の中で答えながら車外に出る。途端、男たちに前後左右を取り囲まれてしまう。

駐車場の西にある衛士庁舎は地上四階のなかなか立派な建物だが、敷地のすぐ北にそびえる行政府と、さらにその北側のセントラル・カセドラルが巨大すぎるせいか威圧感はない。包囲されたままタイル敷きの駐車場を横切り、庁舎の中へ。

一階ロビーの正面には大きな受付カウンターがあり、男性だけでなく女性職員の姿も見える。よほど犯罪者が珍しいのだろう、全員こちらをまじまじと眺めているので手の一つも振りたくなるが、手錠を掛けられているのでそうもいかない。

連れていかれたのは、二階の奥にある殺風景な小部屋だった。家具類は机一つと椅子二つ、あとは壁に掛けられている丸時計のみ。あまりにも取調室然としているので一瞬笑いそうになったがどうにか堪える。自主的に奥側の椅子に腰掛け、正面に立ったままの隊長を見上げて訊ねる。

「カツ丼は出てこないんですか？」

「な……何だと？」

「あ、いえ、何でも」

「いいからおとなしく座ってろ！　長官がじきじきに取り調べる！」

そう告げると、隊長は足早に部屋を出ていった。ドアが閉まっても鍵が掛かる音はしないし、それ以前にボディチェックすらされていない。こんなんで大丈夫なのか衛士庁、と心配しつつ堅い背もたれに寄りかかる。

逮捕されてしまったのは想定外の展開だが、ある意味好都合と言えなくもない。衛士庁長官とやらがどんな人物であるにせよ、北セントリアで起きている事件については誰よりも詳しく知る立場であるはずだ。うまいこと情報を聞き出せれば、侵入者に関する手掛かりを得られるかもしれない。

じりじりしつつ待ったが、一分経っても二分経ってもドアが開く気配はない。三分で我慢の限界に達した俺は、この機に時計の仕組みを暴いてやろうと考え、立ち上がって壁際まで椅子を移動させた。失礼、と念じつつブーツのまま椅子の座面に上がり、壁に掛かる丸時計に耳を近付ける。

カチコチいう機械音はまったく聞こえず、代わりに鈴虫の羽音を連想させる不思議な振動音がかすかに発せられている。この音だけではまるで仕組みの見当がつかない。顔を離し、木製の文字盤にメーカー名か製作者名でもないかと見回してみるが、十二箇所の数字以外には何も

──いや。

6の数字の上に、わずか五ミリほどの小さなシンボルが刻印されている。図柄が細かすぎて視認しづらいが、ひし形に重なる二本線は、行政府の壁に掛かるバナーの最下部にあった紋章とよく似ている気がする。

虫眼鏡でもないかと部屋を見回し、あるわけがないので晶素でレンズを作ろうと右手を持ち上げた時だった。ドアの向こうから複数人の足音が聞こえてきて、俺は素早く床に飛び降りると椅子を元の場所に戻し、座った。

直後、ノックなしにドアが引き開けられる。最初に入ってきたのは、例のひげ隊長だ。

「立て！　衛士庁長官、ボハルセン爵士閣下がお見えだ！」

爵士閣下と来たか、と当人の姿を見る前から内心辟易としてしまう。貴族の等級が廃止され、亜人族がセントリアで暮らすようになっても、アンダーワールド人の魂に刻み込まれた階級意識はしぶとく生き残っているらしい。

俺がおとなしく立つと、隊長が入り口の脇に控えた。ごつごつとブーツの踵を鳴らしながら入ってきたのは、ずんぐりした体形の六十がらみの男だった。

制服の基本的なデザインは隊長と同じだが、肩には派手な金色の肩章、胸には色とりどりの略綬、左腰の剣は実用的デザインの電撃剣ではなく装飾過多なサーベル、両端がくるんと吊り上がった口ひげまで貯えている。二百年前でも、ここまでステレオタイプな《貴族の偉いさん》にはなかなかお目に掛かれなかった気がする。

机の向こうでふんぞり返った爵士閣下は、ウホン、と咳払いしてから何かを言うために口を開いた。

だが、言葉が発せられる寸前。

「そこまで！」

という声が鋭く響き、閣下は樽のような体をびくっとすくませた。隊長が素早く廊下に出ようとしたが、逆に室内へ押し戻される。

狭い取調室に勢いよく入ってきたのは、深みのあるブルーの外套を身につけた二人組だった。どちらも小柄だが、凛然としたオーラはあごひげ隊長と口ひげ長官を圧倒している。鍔が筒状に折り返された水兵ふうの帽子を目深に被っているので顔はよく見えない。

「な……なんじゃいったい！」

ようやく第一声を放ったボハルセン爵士閣下に、ブルーマントの片方がぴしりと言い放つ。

「この事件はたったいまから、整合機士団の管掌となります。容疑者を速やかに引き渡していただきたい」

「ぬうっ……」

唸り声を上げる長官の鼻先に、帽子の徽章が突きつけられる。矢十字に正円を組み合わせたそれは、かつての整合騎士団──そして公理教会の紋章だ。

もう教会は存在しないのに、畏怖心がフラクトライトに遺伝しているかのようにボハルセン爵士はじりっと下がった。

「ええい、好きにしろ！　行くぞ、トーレブ！」

「は……はっ！」

トーレブという名前だったらしいあごひげ隊長は、もう俺には目もくれず、憤然と立ち去る長官を追いかけていった。

取調室には俺と二人の青マントだけが残され、これからどうなっちゃうの……と思っていると。

青マントたちはドアをしっかり閉めてから同時に帽子を脱ぎ、嘘のように角の取れた明るい声で俺の名を呼んだ。

「キリトさま、ようやく戻ってきてくださったんですね！」

「こんな状況ですが、またお会いできて嬉しいです、キリトさま！」

「…………あ」

ここでようやく俺は、眼前の二人が前回のダイブで出会った若き女性機士、ローランネイ・アラベルとスティカ・シュトリーネンであることに気付いた。

改めて見ると、ローランネイはロニエの、スティカはティーゼの面影をくっきりと残してい

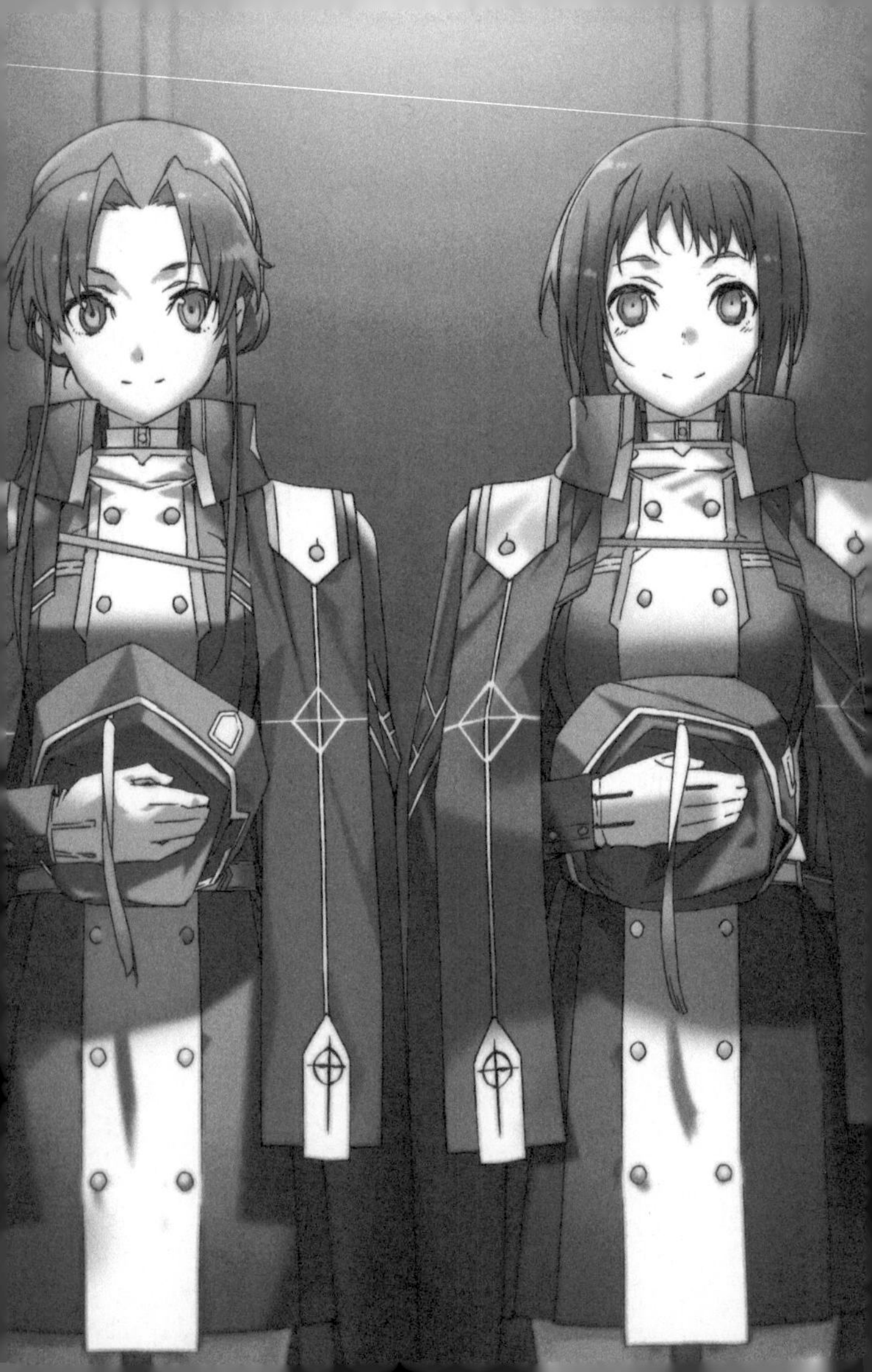

る。何度か瞬きを繰り返してから、やっと挨拶を返す。

「ひ……久しぶり、二人とも。前も言ったけど、その《キリトさま》ってのやめようよ」

途端、二人は揃ってかぶりを振った。

「無理です、キリトさま」

「本当は星王陛下とお呼びしたいんですよ」

「……それは絶対やめてくれ」

ぶるっと背中を震わせてから、改めて訊ねる。

「それで……どうしてここに？」

「フェルシイが知らせてくれたんです」

黒髪のローランネイがそう答えたので、なるほどと縦に振りかけた首を途中で横に捻る。

「いや、でも……俺を乗せた機車はまっすぐここに来たんだぞ。機士団の基地って確か街の外だったよな？　フェルシイがどんなに頑張って走っても絶対間に合わないだろ」

するとと赤毛のスティカが心配そうに言う。

「キリトさま、まだ記憶がお戻りにならないんですね……。伝声器を発明なさったのは、星王陛下ご自身なのに」

「で……伝声器？　何それ？」

「そのまま、声を伝える造器ですよ」

「ぞ……ゾウキ？」

説明が説明になってないよ、と思ってしまってから、もしかしたら《人造の神器》を略した言葉かと見当をつける。声を伝えるということは電話のようなものか？　アンダーワールドに、自動車や飛行機だけでなく電話まで……？

「うーん、やっぱりその星王って俺じゃないと思うよ……。伝声器って言われても、全然ぴんとこないし……」

「そのお話は後にして、まずはここを出ましょう」

そう言ったローランネイが、左手で帽子を被り直す。

「それは大賛成だけど……君の家に戻るのか？」

「そうしていただきたいのはやまやまですが、また衛士隊が押しかけてくるかも知れないので……。行き先は建物を出てからご説明します」

ローランネイが扉を開け、左右を確認。こちらを見て頷くので、スティカに続いて取調室を出る。

廊下に衛士たちの姿はなかった。足早に一階へと移動し、ロビーを横切って外へ。すると、エントランスの正面に新たな機車が出現していた。

衛士庁の車が実用的なワンボックスカーだとすれば、これはスタイル重視のセダンタイプだ。重厚なグリルを備えたノーズからボンネットが長く伸び、屋根の低いキャビンに繋がっている。

車体の色は艶やかな黒で、側面に文字は見当たらないが、鼻先から十字円の銀製エンブレムが誇らしげに突き出す。

ローランネイが運転席──現実世界の日本と同じく右ハンドルだ──に回り込み、スティカが後席左側のドアを開けて俺を見た。助手席がいい！　と子供っぽいことを言える雰囲気ではないので、おとなしく乗り込む。スティカがドアを閉めると、バムッと高級感のある音が響く。

肉厚のシートはクッションが効いていて、衛士庁の機車と比べると雲泥の座り心地だった。全体重を預け、長く息を吐いてから、ふと右を見る。

するとそこには先客の姿があり、俺はびくっと体を左に引いてしまった。

スティカたちの外套と同じ色のロングコートを着て、同じ帽子を被っている。体型からして男だと思うが、大型の鍔を深く下ろし、コートの襟を立てているので顔はまったく見えない。ぴかぴかのブーツを履いた足を組み、その上で両手の指を絡ませたまま身じろぎひとつしない謎の人物をしばし凝視してから、俺は運転席に顔を近づけて小声で問いかけた。

「ローランネイ……この人は？」

「整合機士団長閣下です」

「団長……!?」

俺の素っ頓狂な声に、助手席のドアが閉まる音が重なった。

ローランネイがアクセルを踏むと、ボンネットの奥で熱素が低く唸り、巨大な車は滑らかに走り始める。衛士庁の車も乗り心地は悪くないと思ったが、このセダンは比べものにならない。アンダーワールドの技術力ではまだエア入りタイヤすら作れないはずなのに、いったいどんな仕組みでこの衝撃吸収力を実現しているのか。

いや、機車のテクノロジーはこの際どうでもいい。いまは右隣の人物が気になる。団長というからには整合機士団のトップなのだろう。ローランネイたちの話では、機士団が所属するアンダーワールド宇宙軍にも司令官がいるものの、実質的には宇宙軍と地上軍を指揮しているのは機士団らしい。二百年前の異界戦争で編成された人界守備軍と当時の整合騎士団のような関係だと俺は理解したが、つまりいま俺の隣に座っているのは、アンダーワールドの全軍事力を掌握する人物だということだ。

そんなVIP中のVIPが、なぜ俺を運ぶための車に乗っているのか。そしてなぜこちらを見ようともせず、シートに沈み込んだまま沈黙し続けているのか。

ちらちらと右を盗み見ながら、俺はこの状況にどう対応したものか懸命に考えた。だいたい、スティカたちまで口を閉ざしている理由が解らない。紹介するなり説明するなりしてくれてもいいではないか。

こうなったらポーズを真似してやるもんね、と俺も座席にふんぞり返って足を組み、膝の上で両手の指を交差させる。これで団長が何か反応を見せるか……と横目で右を見た、その時だった。

南進していた車が交差点を左に曲がり、窓から差し込んできた夕日が団長の肩口を照らした。帽子と立ち折れ襟の隙間に少しだけ覗く、緩くウェーブする後ろ髪に陽光が当たってきらりと光った。金髪ではない。それよりいくらか濃い金茶色。言うなれば――亜麻色。

突然、心臓がわけもなく早鐘のように打ち始める。呼吸が浅くなり、指先が冷たく痺れる。

俺はぎこちなく首を右に回し、団長の全身を視界に捉えた。

男性としてはさほど長身でも骨太でもない。どちらかと言えば痩せ形の、俺とよく似た体格。しかし全身がしっかり鍛え上げられていることは、厚手のコート越しでもよく解る。

右手を伸ばして、肩のあたりの肉付きを確かめてみたい。いや、帽子を剝ぎ取り、高い襟を押し広げて、顔を正面から覗き込みたい。そうではないことを一刻も早く確定させなければ、俺の鼓動は収まりそうにない。

そんな切迫した思考が、無意識の心意となって団長へと伸び、コートの肩口に接触しかけた、その瞬間。

びしっと弾かれるような感覚が伝わり、俺は両目を見開いた。俺が伸ばした《心意の腕》を、団長が強力な心意で払いのけたのだ。

「あ……いや、ちが……」

咄嗟にそう口走りかけた俺の言葉を、呟くようなひと言が遮った。

「なるほどね」

いままで身じろぎひとつしなかった団長が、左手をゆっくりとポケットから抜く。

「……これが星王を名乗る男の心意か。衛士庁が心意兵器と勘違いするのも納得だな」

その声。

耳障りな成分の一切ない、絹のようにスムーズで、どこか女性的な高音成分を含み、なのに強い意志を感じさせるその声は。

団長が左手を持ち上げ、帽子の鍔を指先で摘まみ、ゆっくりと持ち上げた。亜麻色の巻き毛が零れ、夕日を受けて美しく煌めいた。

助手席のスティカが勢いよく振り向き、いままで我慢していたかのように叫んだ。

「ほら、団長、本物でしょう⁉」

「まだそうは言っていないよ。このくらいの心意を操る者なら、機士団にも何人かはいるさ」

「そんなもんじゃないんですってば！」

もどかしそうに胸元で両手を握り締め、スティカは早口に言い募る。

「キリトさんは、あの神話級宇宙獣アビッサル・ホラーを見たこともない秘奥義で……つまり剣技だけで破壊しちゃったんですよ！　そんなことができる人が、伝説の星王陛下の他にいるはずないです！」

「まあ、判断を急ぐのはやめようよ」

恐らくは現在のアンダーワールドで、星界統一会議のトップと並ぶ最高権力者であるはずの男は、偉ぶったところのまったくない口調でそう言うと軽く咳払いして付け加えた。

「ああ、ローランネイ。悪いけど、六区の東三番通りに回ってくれないかな」

「ダメですよ、跳ね鹿亭の蜂蜜パイなら基地に買い置きがあるはずです」

「あれは焼き立てがいちばん美味しいんだよ」

「何だってそうです」

そんな会話を続ける団長の横顔を、俺はひたすら凝視することしかできなかった。

容貌は識別できない。夕日が逆光になっているだけでなく、顔の上半分を覆う白革のマスクを装着しているからだ。それでも、露出した口元のあたりには彼の面影があるように思える。あるいは俺の願望がそう思わせているのか。

「仕方ない、じゃあまっすぐ基地に戻っていいよ」

ため息混じりにそう言った団長が、何げない動作でこちらに向き直った。

柔らかそうに揺れる前髪の生え際から鼻までは白いマスクに覆われているが、薄いガラスが嵌め込まれた覗き穴の奥で、エメラルド色の瞳が強い光を放った。

「…………ユー……」

俺の口から零れたかすかな音に、団長は口を怪訝そうに引き結んだが、すぐに淡い微笑みが取って代わる。

だがそれは、かつて何度も俺に向けられた、温かくて穏やかな微笑ではなかった。二百年前に死んだはずの相棒と同じ瞳、同じ声を持つ男は、どこか皮肉げな、誰にも心許さないという気配の滲む笑みを浮かべてこちらに右手を差し出した。

「覆面を着けたままで失礼するよ。目のあたりの肌がソルスの光に弱いものでね。僕……ではなく私は、整合機士団長エオライン・ハーレンツ。よろしく、キリト君」

「エオライン……」

初めて耳にする名前を、俺は呆然と繰り返した。

他人の空似、ということなのか？　アンダーワールド人の外見的要素を決定するパラメータの揺らぎが生み出した、偶然の相似？　それとも、似ているのは目と声だけで、マスクの下の顔はまったく別人なのだろうか？

マスクを剝ぎ取りたいという衝動を必死に抑え込む。顔は見えずとも、手を触れ合わせれば何かが伝わってくるかもしれない。

大きく息を吸い、深々と吐いてから、俺はエオライン団長が辛抱強く伸ばし続けている右手を握ろうとした。

だがあと数センチというところで奇妙な感覚に襲われ、硬直してしまう。肉体と精神の接続が徐々に弱まっていくような、頼りない離人感。これは……

ログアウトだ。

反射的に運転席を見る。ダッシュボードに埋め込まれた時計は、五時十一分を指している。俺が約束の五時に戻らなかったので、神代博士が宣言どおり、いや慈悲深く追加の一分を与えてからログアウト処理を開始したのだ。

「待ってくれ……！」

現実世界の神代博士に向けてそう叫びながら、俺はあっけに取られた様子のエオライン団長の手をなんとか握ろうとした。だが、指と指がかすかに接触したところで、世界が虹色の光に包まれて消滅した。

10

自宅の扉を開けると、今夜も直葉が玄関で待ち構えていた。

「お帰り！　遅いよおにい……」

だが、昨夜と同じ出迎えの言葉は途中で消散してしまう。どうやら、俺はよほど奇妙な表情をしているらしい。なんとかノーマルな顔に戻そうとしながら挨拶を返す。

「ただいま、スグ」

「……お帰り。何か……あったの？」

あった。ありすぎるほどあった。だが立ち話で説明できるようなことでもない。

「うん……まあ。お前、メシは？」

脱いだ靴を揃えつつ訊ねると、直葉は瞬きしてから答えた。

「あ、うん、あたしも今日は部活あったからさっき帰ってきたとこ。お母さんがカレー作ってってくれたしご飯も炊けてるから、すぐに食べられるよ」

「そっか。ユイも森の町……じゃなくてラスナリオはいまのところ異常なしって言ってたし、何があったのかは食べながら話すよ」

「解った。じゃあ、用意しとくね」

そう言って台所に駆けていくジャージ姿の妹を見送り、俺は二階の自室に上がった。出勤も帰宅も普通の会社員よりかなり遅い母さんが、カレーを作るだけでなく布団も干しておいてくれたようで、ベッドはきちんとメイクされている。

健全な高二男子であれば、勝手に部屋に入んなよ！　と反抗するものなのかもしれないが、ただただ有り難いとしか思わない。いささか生意気だが可愛い妹と、部屋に入りはするが俺の自主性を尊重してくれる母さんと、年に何度かしか会えないが尊敬できる親父がいるのだから、これ以上の幸せがあろうか。

なのに俺は、母さんが丁寧に掃除機を掛けてくれた部屋の中で、一刻も早くアンダーワールドに戻ることばかり考えてしまっている。瞼を閉じれば、エオライン・ハーレンツのマスクの奥で強く光っていた緑色の瞳がくっきりと浮かぶ。

ただの偶然ならそれでいい。だが、偶然であることを確かめるまでは、この胸のざわめきは決して消えないだろう。

五時十一分にログアウトした直後、俺はSTLのヘッドブロックがせり上がるのを待たずに、「いますぐ中に戻してくれ！」と叫んだ。だが神代博士は、再ダイブを許してくれなかった。理由は二つ——ダイブ中にSTLの自己診断プログラムがいくつかの軽微な機械的トラブルを検出したことと、覚醒直後の俺の心拍数と血圧が正常値を逸脱していたことだ。前者は俺にはどうにもできないが、後者の理由は肉体の異常ではなく精神的なものだと断言できる。

しかし博士は、今回のアンダーワールド調査ミッションに於いては、俺とアスナの安全よりも優先されるものは何一つないと断言した。俺の様子がよほど異様だったのだろう、アスナとアリスにも止められてしまったので、それ以上再ダイブに固執することはできなかった。

リポートも後日ということになり、セキュリティロック前でアリスと別れた俺とアスナは、ラースが呼んでくれたタクシーに乗った。俺は渋谷駅で降りたのだが、車中でもかなり上の空だったように思う。アスナの誕生日なのにまったくもって申し訳ないことをしてしまったが、こうしているいまも焦燥感は消えない。

もし──万が一ただの偶然ではないのなら。エオライン団長とユージオに、何らかの関連性があるのなら。

それは……それはもしかすると………。

「おにいちゃーん、早くー！」

階下から直葉の声が届いてきて、俺はハッと顔を上げた。

「あ、悪い、すぐ行く！」

叫び返し、慌ただしく制服をルームウェアに着替える。アンダーワールドもエオラインも、消えてしまったわけではないのだ。むしろ俺が目の前で消滅したことで団長やスティカたちを大いに驚かせてしまったはずだが、そこは次に会えた時に謝るしかない。

三日後の土曜日に予定されている本番の調査活動では、朝から夜まで長時間のダイブが予定されている。それまでは胸のざわめきをなだめつつ、ユナイタル・リング——と学業に集中しなくてはならない。

洗濯するワイシャツとインナーを持って廊下に出ると、温められたカレーの香りが二階まで漂ってきていた。自分がとんでもなく空腹であることをいまさらのように自覚しながら、俺は足早に階段を降りた。

ユナイタル・リング世界の四夜目は、篠突く雨とともに訪れた。

アリスやユイによれば日中に何回か小雨がぱらついたことはあるらしいが、これほど本格的に降るのはゲーム開始以来初めてのことだ。ザ・シード・プログラムが創り出す雨は現実世界やアンダーワールドほど不快ではないものの、視界が妨げられるのはどうしようもない。二夜目にギヨル平原で襲われた氷嵐に比べれば命の危険がないだけマシというものか……と、ログハウスのポーチから暗い空を見上げつつ考えていると。

両手に素焼きのマグカップを持ったエギルが家から出てきて、しかめっ面で言った。

「今夜はとことんレベルを上げてやろうと思ってたのに、この天気だからなぁ」

ずいっと左手のカップを突き出してくるので、礼を言って受け取る。

「雨でも狩りはできるだろ」

「オレは江戸っ子だから雨が苦手なんだよ」

「……………いや、江戸っ子にそんな属性ないだろ」

突っ込みながらカップに口をつける。中身は、昨夜アスナが飲ませてくれた赤紫蘇麦茶ではなく、ブラックコーヒーにショウガとシナモンで香り付けしたような味だ。珍妙ではあるが、どちらかと言えばこっちのほうが好みかもしれない。

午後八時にアルゴを除く全員が揃い、恒例のミーティングをすませてから、しばらくフリータイムということになった。九時まで待って雨が止めば良し、止まなくても拠点防衛のための建築作業を始めなくてはならない。何せ明日の夜には、百人規模の大軍勢がこの森に攻め込んでくるのだ。

我らがラスナリオの町も、女戦士イゼルマに率いられたバシン族十人が移住してきてくれたおかげでかなり戦力が増強されたが、なるべくなら彼らには危険な役目を押し付けたくない。《一度死ねば終わり》なのはプレイヤーもNPCも同じだが、俺たちがユナイタル・リングに二度と入れなくなるだけなのに対して、NPCは完全かつ永遠に消滅してしまう可能性が高い。SAOではほとんどのNPCは死んでも一定時間経過後にリポップしたし、ALOのNPCはそもそもダメージを受けない無敵属性だが、この世界にそんな慈悲は期待できない。

ゆえに敵軍を正面から受け止めるのは俺たちの役目なのだが、こちらも犠牲者を出すわけにはいかないし、敵プレイヤーたちも攻めたくて攻めてくるのではないという事実が状況を複雑にしている。彼らはムタシーナの大魔法《忌まわしき者の絞輪》で脅迫されているのであって、本来はこの町を拠点として利用してくれるはずだった者たちなのだ。

ゆえにミーティングでは、どうにかしてシュルツ隊の時のような殲滅戦を避けられないかという意見が出て、一同大いに頭を悩ませた。アンダーワールドから帰ってきたばかりの俺は、青薔薇の剣と心意力があれば百人を一瞬で拘束して、ムタシーナ一人だけにご退場いただくことも簡単なのに……と考えてしまうが、ユナイタル・リングのキリトが持っているのはレベル18相当のステータスとシンプルな鉄の長剣、そして腐属性魔法だけだ。ムタシーナ嬢のご尊顔に《腐れ弾》を当ててやったらさぞすっきりするだろうが、それで倒せるわけではない。

一分足らずのシンキングタイムを経て、有望そうなアイデアを提示してくれたのはシノンだった。

彼女はGGO世界から、超威力の対物ライフル・ヘカートⅡを引き継いでいる。ギヨル平原西部で巨大な恐竜型フィールドボスを即死させたというその銃なら、魔女ムタシーナがレベル20だろうと30だろうと一撃で排除できる。もちろん命中すれば、だ。

そこが難題なのよね、とシノンは難しい顔で付け加えた。

ヘカートⅡは、俺の長剣エクスキャリバーやアスナの細剣レイグレイスと同じく要求レベルが高すぎて、現状では構えるどころか一人で持ち上げることさえできない。恐竜ボスの時は、屈強なオルニト族数人に銃身を支えてもらったらしいが、それでも急所を撃ち抜けたのは奇跡だと言っていた。

ムタシーナを狙撃するなら、ミラクルには頼れない。どうにかしてヘカートを確実に撃てるよう工夫する必要がある。簡単に思いつくのは重いものに固定することだが、それでは狙いをつけるのが難しくなってしまう。

いっそ現実世界なら、ホームセンターで材料を買ってきて簡易的な可動式銃架を作るくらい朝飯前なのに……とはクラインの弁だが、本当に作れるのかはともかく、確かにこの世界では各スキルの生産メニューにないものは作れない。大工スキルにも石工スキルにも鍛冶スキルにも、さすがに銃架は存在しない。

「……シノンのアイデアで行くなら、オレが担ぎ役をやるぞ」

不意にエギルがそう言ったので、俺は隣の斧使いを見上げた。

アバターの外見は筋骨隆々としているが、ＶＲＭＭＯ世界では見た目が筋力と直結しない。苦笑しつつ言い返す。

「志願してくれるのは有り難いけど、エギルはまだレベル10だろ。腕相撲したらシリカにも負けるぞ」

「ム……」

巨漢が口をひん曲げる。昨夜、俺がスティス遺跡に遠征しているあいだにレベルをいくらか上げたようだが、それでもまだ仲間内ではいちばん低い。コンバートしたばかりなのに加えて、日中はカフェのマスターという仕事があるのでやむを得ないが、ＳＡＯでもＡＬＯでも仲間を守り抜いてきた歴戦の重戦士としては忸怩たる部分もあるのだろう。

「だから今夜はがっつりレベルを上げるつもりだったんだよ。ただ、雨の夜に無理するとロクなことにならんからなぁ……」

「確かに」

エギルのぼやきに深く頷く。ＶＲＭＭＯというのは、従来型のゲームと比べても五感の重要性が遥かに大きい。視覚はもちろんのこと、モンスターが発するかすかな音や匂い、地面や壁に残された痕跡の感触、時として水の味までもが危険の存在を知らせてくれる。加えて俺は、五感以外で殺気らしきものを感じる現象をシステム外スキル《超感覚》と名付けて真面目に研究したほどだ。

それゆえに、五感全てを阻害される《雨の夜の森》は、ＶＲＭＭＯではダンジョンと同じかそれ以上に危険な空間となる。アインクラッドでも、モンスターの湧きを独占しようと無理をして死んだプレイヤーの話を何度も聞いた。ＳＡＯとユナイタル・リングを同列視はできないが、死ぬわけにはいかないという状況は同じだ。

雨だと匂いも薄れるんだよなあ……と鼻をひくつかせると、湿った空気には何やら香ばしい匂いが含まれているような気がする。風は西から吹いてきているので、ラスナリオの西地区に住んでいるバシン族たちが集会所で肉など焼いているのかもしれない。ログハウスとはたった二十メートルしか離れていないのにこれほど匂いが薄くなるのだから、やはり雨のマスキング効果は侮れない。

「……昼間なら、昨夜のミーティングでアリスが言ってた、マルバ川の稼ぎポイントが使えるんだけどな……」

俺がそう呟くと、エギルがうーむと唸る。

「ユナリンは時間がリアルと同期してるからなぁ……。明日も臨時休業にするかなぁ」

「おいおい、無理するなよ。奥さんに怒られるぞ」

慌ててそう言うと、巨漢はなぜかニヤリと笑った。

エギルが経営するダイシー・カフェは、夕方まではアメリカンなメニューが楽しめるカフェ、以降は多彩なカクテルが売りのバーとなり、昼はエギルが、夜は奥さんがマスターをしている。エギルがSAOに囚われていた二年間は、奥さんが昼も夜も店を切り回して閉店の危機を乗り越えたらしい。そうと聞けば、エギルがいまもVRMMOをプレイしていること自体が新たな危機を招いてしまうのではないかと心配になるのだが――。

「カミさんは昼間に遊んでるからな」

エギルがにやけながらそう言うので、俺はぽかんと口を開けた。

「え……そうなの？」

「そもそもネットゲーム歴はカミさんのほうが長いぞ」

「へぇ……。――って、あれ、待てよ。奥さんが遊んでるのもザ・シードのゲームなんだろ？　ってことは、奥さんも……」

そこまで言いかけた時だった。ポーチの壁際で丸くなっていたクロが、さっと頭をもたげて

「グル……」と低く唸った。前庭で、雨の中を嬉しそうにばちゃばちゃ走り回っていたアガーも立ち止まり、尖った鼻を東の空に向ける。

「どうした、クロ？」

歩み寄り、右手で首筋を掻いてやったが、黒豹は唸るのを止めない。俺も耳をそばだてたが、聞こえるのは雨音ばかり――。

いや。

聴覚ではなく、足裏の皮膚からそれは伝わってきた。かすかな、しかし異質な震動。

「……地震か？」

ほぼ同時に気付いたらしいエギルが、ポーチに両足を踏ん張りながら囁いた。

「仮想世界で地震って……いや、あってもおかしかないけど……」

そう答えた俺が、ポーチの床に右手を触れさせた、その瞬間。

ズシン！　という凄まじい震動、いや衝撃が伝わってきて、ログハウス全体を強く揺らした。たたらを踏んだ途端、右手のマグカップを取り落としてしまう。耐久度の低い素焼きカップはあっけなく砕け散り、青いパーティクルとなって消滅する。ささやかな破壊音を、室内にいる女性陣の悲鳴とクラインの胴間声が上書きする。

「エギル、東だ！」

そう叫ぶと、俺は大雨の中に飛び出した。現実世界なら地震波が伝わってくる方向を感覚で判別することなど不可能だが、仮想世界では体が揺すぶられる感じから何となく察知できる。

クロとエギルも俺を追って前庭に飛び降り、家の中からも仲間たちが次々と姿を現す。

前庭の真ん中まで走り、振り向いたが、ログハウスの屋根と高い石壁が邪魔をして東の森は見通せない。壁の向こうからキイキイと甲高く聞こえてくるのは、パッテル族の悲鳴だろうか。

再び、地面が激しく震えた。原因が何にせよ、さっきより近付いてきている。

「……四時門から出よう！」

叫ぶと、俺はゲートから内輪道路へと飛び出した。左に走り、四時路に駆け込むと、すでに多くのパッテル族たちが家から出てきて不安そうに夜空を見上げている。

「危ないから家に入っててくれ……って彼らに伝えてくれ！」

すぐ後ろにいたユイにそう頼み、早いところパッテル語スキルとバシン語スキルを上げようと心に誓いつつ四時路をダッシュする。南東の門を開けて町の外に出た途端、三度目の縦揺れが襲ってきて転びそうになる。

「うわっ……」

「おっと！」

という声とともに俺の左腕を支えてくれたのはリズベットだった。

「す……すまん」

「そんなのいいけど、どうするわけ!?　もしこれがただの地震じゃなかったら……」

リズベットの言葉に、周囲の仲間たちも顔を強張らせる。この揺れがゼルエテリオ大森林の自然現象ではなくモンスター、もしくはプレイヤーが引き起こしていることなら、極大魔法に匹敵するパワーだ。

「……とにかく、原因を確かめよう」

俺がそう言うと、一同さっと頷く。ユナイタル・リングでは一パーティーの上限は八人で、仲間は十人いるので、五人ずつ二パーティーに分けてそれをレイドで連結してある。分け方は俺、アスナ、ユイ、リーファ、クラインがAチーム、シノン、アリス、リズベット、シリカ、エギルがBチーム。アルゴは間に合わないだろうが、合流すればAチームに入る予定だ。

俺はBチームのリーダーのシノンに左から進むよう指示すると、パーティーメンバー四人、ペット二匹と一緒に暗い森へと駆け込んだ。シノンたちとミーシャは、十メートルほど左側を並走する。

いまだ雨が止む気配はない。濡れた下生えで足を滑らせないよう注意しつつ、東へと急ぐ。月が出ていないので五メートル先を見通すのが精いっぱいだが、この大雨では松明を点けてもすぐに消えてしまうだろう。暗視スキルのおかげでどうにか木立や藪の輪郭くらいは解るので、アスナたちを先導しつつ、転ばないぎりぎりのスピードで走る。

四度目の縦揺れはまだ襲ってこないが、小刻みな震動は断続的に発生し続けている。加えて、めきめき、ばきばきという破壊音もかすかに聞こえる気がする。

「キリトくん、この先って何があったっけ」

ユイの手を引くアスナが、雨音に負けないぎりぎりの音量で問いかけてきた。

「こっち側はあんまり探検できてないけど、確か大きな谷があったと思う」

「つーことは、そこがこの雨で地滑りでも起こしてんじゃねーの!?」

大股に走るクラインの楽観的な台詞に、つい苦笑してしまう。

「VRMMOのマップが雨のたびに壊れてたら、そのうちどこも更地になっちゃうだろ」

「土木工事してくれる業者さんはいないしねー」

とリーファも言い、クラインは「まあそうか……」と引き下がる。

そうこうしているうちに、前方の木立がまばらになり始める。俺の記憶が確かなら、この先に小高い丘が二つ並んでいて、そのあいだを巨大な渓谷が一直線に下っているはずだ。谷の先がどうなっているのかまでは確認できていない。

「──森を出るぞ！」

仲間たちに予告してから、俺はひときわ大きなメグリマツの下を駆け抜けた。

その先で、森林はVの字に開けて深い草原になっている。空には真っ黒な雲が渦巻き、叩きつけるような雨を降らせ続けているが、時々青白い稲光が閃いて地上の草原を照らす。

草原の左右には、記憶どおりの丘が二つ――いや、遥かな昔は一つの丘だったのが、中央を巨大な地割れに引き裂かれたのだろう。渓谷は幅三十メートルほどもあり、谷底にはミーシャよりも大きい岩がごろごろしている。

この草原のどこかに地震の発生源があると推測していたのに、いまのところ視界内に異常は見つけられない。微震動はなおも足裏に伝わってきているが、立っていられないほどの縦揺れは数分間起きていない。

本当に単なる自然現象だったのか、とわずかに肩の力を抜きかけた、その時。

ひときわ激しい雷光がフィールドを白く照らし、ほぼ同時に、渓谷の底にそびえ立っていた高さ十メートル以上ありそうな巨岩が内部から爆発したかの如く粉々に砕け散った。

これまでで最大の揺れが襲ってきて、俺は咄嗟にクロの肩に摑まってどうにか転倒を回避した。アスナとユイ、リーファも互いに支え合ったが、クラインが見事にすっ転んで水たまりに尻餅をつく。

いつもなら口汚い罵り声を上げるところだが、いまばかりはその余裕もないようだ。なぜなら、砕けた岩の向こうから、あまりにも、桁外れに、途轍もなく巨大な影が姿を現したからだ。

二百メートルは離れているうえに、谷底は俺たちがいる場所からはかなり下っているのに、圧倒的なプレッシャーを受けて呼吸が浅くなる。大きさだけでなく、姿形にも原始的な恐怖をかき立てられる。

「なに、あれ……」

「なんだよありゃ……」

リーファとクラインが、同時に掠れた声で呟いた。

実際、俺もそんな言葉しか浮かばない。稲光に照らし出されるその姿が、異様すぎて何にも喩えられないのだ。

ユナイタル・リングで遭遇したモンスターとしては、間違いなく過去最大。シノンが戦った恐竜型フィールドボス《ステロケファロス》は頭から尻尾までが十メートルもあったらしいが、いま見ているモンスターの全長は軽くその倍はある。

頭部はぎりぎり人間型の範疇だが、赤く光る目は四つもあり、口は上下だけでなく左右にも割れている。後頭部は長く伸び、その側面には短い角が何本も突き出す。

頭のすぐ下から伸びる二本の腕は、肘から先が恐ろしく長い鎌になっている。胴体は樽のように膨らみ、その中央にも縦長の口がある。

人っぽいのはそこまでだ。腰は後ろに九十度折れ曲がり、ムカデのような節に分かれた長大な胴体部に繋がっている。胴体の左右からは、これも先端が鎌のように鋭く尖った多関節脚が無数に生え、後端には槍の如く長大な突起が伸びる。

全身は黒光りする甲殻に覆われているのだが、いっそうおぞましいのは殻の下に逞しい筋肉が見えることだ。形状は虫っぽいのに、質感は脊椎動物。あれをひと言で形容する言葉があるとすれば、《悪魔》以外に思いつかない。

ラスナリオの町まで届いた大地の鳴動は、あの怪物が巨岩を体当たりで粉砕する衝撃だったのだろう。もしあれが町に到達すれば、苦労して築いた街並みもログハウスも跡形もなく破壊されてしまう。

谷底でしばし前進を止めている異形を見つめながら、俺は誰にともなく呟いた。

「……なんであんなのが、ここに……」

全長二十メートル超の人面ムカデは、ゼルエテリオ大森林に生息する動物型モンスターとは何一つ共通点がない。これまでは森に熊、草原に豹、川に蟹といちおうの整合性を保ってきたのに、ここに来てそれをかなぐり捨てたのか。あんな怪物が存在していいのは深いダンジョンの奥底か、いっそ地獄……とそこまで考えた時、頭の深いところにチリッと弾けるような感覚が生まれた。

どこかで……ユナイタル・リング以外のVRMMO世界で、あれと似通った姿のモンスターを見たことがある？　いったいどこで……？

「ねえ、キリトくん……」

名前を呼ばれ、隣を見ると、ユイをしっかり抱いたアスナもどこか虚ろな顔をしていた。

「あのモンスター、わたし、どこかで……」

だがその先が言葉になる前に、左側から鋭い声が響いた。

「あいつの足下を見て！」

叫んだのは、Aチームに少し遅れて森を抜けてきたBチームリーダーのシノンだ。この世界でもスナイパーの視力は健在で、俺たちが見落とした何かを発見したらしい。頭のチクチクは保留して、懸命に両目を見開く。断続的な稲光に照らされる谷底には、人面ムカデが破壊した巨岩の他にも、大小の岩がごろごろしている。それらの隙間に――。

「あっ……」

気付いた瞬間、俺は短い声を上げていた。

十、いや二十にも達する小さい影がゆっくりと動いている。小さいと言っても人面ムカデと比べればの話で全て人間と同じくらいのサイズだが、シルエットは人間ではない。厚い甲殻に覆われた体、長い角や大アゴ、そして六本の脚。昆虫型モンスター――人面ムカデの取り巻きだろうか。

と、突然人面ムカデが四つの目を赤く光らせ、右腕の鎌を高々と掲げた。

「ジャアアアアッ！」

二百メートル離れている俺たちすら思わず仰け反るほどの咆哮を放ちながら、鎌を凄まじいスピードで振り下ろす。直径三メートルはある岩があっけなく砕け、その陰にいた昆虫型モンスターが二、三体、派手に吹き飛ばされる。

すると、周囲の昆虫たちが走り寄り、ひっくり返った昆虫を助け起こした。そのまま二十匹が谷の出口目指してわらわらと走り始める。

「ジャシャアッ！」

人面ムカデが再び吼え、両手の鎌を振りかざす。二度、三度と地面に激しく突き立てるが、昆虫たちはかろうじて回避している。

「……何だあれ……モンスター同士で戦ってるのか？」

俺の呟きに、ようやく立ち上がったクラインが答えた。

「戦ってるってより、デケェのがコマイのを一方的に攻撃してるっぽいな。つうか……こっちに来るぞ！」

確かに、人間サイズの昆虫モンスターたちは、緩く傾斜する谷底を猛然と駆け上ってくる。それを追って、人面ムカデも移動を再開する。このままではあと数十秒で、どちらも俺たちがいる森の端までやってくる。

最悪の展開は、両方がこちらをターゲットしてしまうことだ。いますぐ森の中に身を隠し、人面ムカデが昆虫モンスター二十匹を殲滅するまで待つべきか。だが昆虫たちが森に逃げ込み、そのままラスナリオまで辿り着くという可能性もある。ならば遠距離攻撃で昆虫たちの前進を止めて、ムカデに殺させるのが最善だろうか。先刻の行動を見る限り、彼らには仲間を助けるというアルゴリズムが存在するようなので、それを利用できるはずだ。

モンスターとはいえ少々気が咎める作戦だが、町とNPCたちを守るためにはやむを得ない。

俺は腹をくくると、遠距離攻撃を持っている二人に呼びかけた。

「ユイ、シノン、火魔法とマスケット銃で先頭の昆虫モンスターを足止めしてくれ！」

「解りました！」

「了解」

二人とも即座に応じ、数歩前に出る。シノンは銃を、ユイは両手を構え、昆虫たちの先頭を走るハナカマキリのようなモンスターを狙う。薄ピンク色の体は雨の中でもよく目立つので、二人なら当てるだろう。

ユイが火魔法の起動ジェスチャーを行い、次いで右手を大きく引いた。シノンも頬付けしたライフルの引き金に指を当てる。ハナカマキリとの距離は百メートル、後方の人面ムカデとは百五十メートル。

二人が同時に息を吸い、溜めた——その瞬間。

「待った!!」

大声で叫んだエギルが、二人の前に飛び出した。シノンがびくっと銃口を跳ね上げ、ユイも両手を持ち上げる。

「ちょっと、何よ!?」

抗議するシノンに「悪い！」とだけ返すと、エギルは左腰の両刃斧も抜かずに豪雨の中へと飛び出した。

「お……おいおい！」

慌てて呼び止めたが、巨漢は振り向きもしない。やむなく俺も後を追う。

昆虫モンスターの群れはみるみる近付いてくる。もう奴らも俺たちを認識しているはずだが、このゲームでは自分かパーティーメンバーが攻撃するかされるまでカーソルが出現しない仕様なので、ターゲットされているのかどうかは不明。しかしそうと想定して動かなければならない。

「エギル、せめて斧を抜け！」

右手の長剣を肩に担ぎ、ソードスキルの準備をしながら俺は叫んだ。だが巨漢は武器に手を伸ばそうとすらしない。いつも冷静沈着で、ある意味チームの頭脳とすら言えるエギルが、珍しく我を忘れているように見える。

薄ピンク色のハナカマキリは、すでに三十メートル以内にまで近付いてきている。胸の前で折り畳まれた両腕は、サイズこそ人面ムカデのそれとは比較にならないが充分に凶悪な見た目の鎌になっていて、あれで痛撃されたら鉄の鎧を着ていてもHPをごっそり削られるだろう。エギルに戦う気がないなら、俺がなんとかしなくては。

そう決意しつつ、俺は先制の《ソニック・リープ》を発動するべく剣の角度を微調整した。

ふと、脳裏にアンダーワールドで出会ったフェルシイ・アラベル少年の寂しげな笑顔が過ぎる。

彼がソードスキルを使えない理由も必ず解明してやらねば……という決意までをも剣に乗せ、フルパワーで撃ち出そうとした、その時。

「スト────ップ!!」

雷鳴以上の大声で怒鳴ったエギルが、両手を広げながら急停止した。俺も慌ててブレーキを掛けたが、体勢が崩れてソードスキルはファンブルしてしまう。

エギルは太い両腕を横一文字に伸ばし、濡れた草原の真ん中で仁王立ちになった。前方からは、二十匹の昆虫軍団が猛然と突っ込んでくる。先頭のハナカマキリが、頭部から突き出した巨大な複眼をギラリと光らせ、右手の鎌を掲げる。

瞬間、エギルが再び叫んだ。

「トリッシュ!? トリッシュだろ!?」

「…………は？」

唖然とする俺の視線の先で、ハナカマキリも急停止すると、鎌を中途半端に持ち上げたまま人間の──女性の声で叫び返した。

「アンディ!? ここで何してるの!?」

「…………はぁー？」

何でカマキリが喋るんだよ、って言うかアンディって誰だよ！

と脳内で思い切り喚いてから、突然気付く。エギルのキャラクターネームはアルファベット表記だと《Ａｇｉｌ》、これは彼のファーストネームであるアンドリューと、ミドルネームのギルバートを合成したものなのだ。つまりこのハナカマキリ型モンスターは、エギルの本名を知っている。

「えっ……うそ」

追いついてきたアスナが俺の右後方でそう囁いたので、俺は頭をそちらに動かして訊ねた。

「うそって何が？」

「もしかして……あのカマキリ、エギルさんの奥さんじゃない？」

「…………はい？」

再び思考が停止しかける。

確かに少し前、ログハウスの前でエギル本人から奥さんもＶＲＭＭＯプレイヤーだと聞いたばかりだが、ハナカマキリはどこをどう見てもモンスターそのものだ。人間が何らかの魔法で怪物に変えられたのだろうか？　だとすると、後方の昆虫型モンスターたちも全部……？

俺の推測を、ハナカマキリの後方で停止した緑色のクワガタが現実に変えた。厳つい大アゴを開閉させながら、男の声で――しかもネイティブな英語でまくし立てたのだ。

「Hey Hyme, what a hell are you doing!?」

続いて、ずんぐりしたカブトムシがツノを振り立てて叫ぶ。

「Who are they!? Enemy or ally!?」

とんでもない早口なので正確に聞き取れた自信はないが、クワガタは「いったい何やってんだよハイミー」、カブトムシは「そいつら誰だ、敵か味方か」というようなことを言った気がする。

それに答えたのは、ハイミーというキャラクターネームであるらしいハナカマキリではなくエギルだった。ルーツがアフリカン・アメリカンであることを証明するような超高速英語は、俺にはもう理解できない。

だがおかげでクワガタとカブトムシはこちらが敵ではないことを納得したらしく、大アゴとツノの角度を下げた。他の昆虫たちも続々追いついてくるが、クワガタが何やら叫ぶと攻撃態勢を解く。

とりあえず、昆虫軍団との戦闘は回避できたようだが、それは問題の半分、いや一割ほどでしかない。後方の谷からは、巨大な人面ムカデが突進してきている。対処を間違えれば、ここで俺たちも昆虫たちも全滅してしまう。

と、その時。

人面ムカデの顔面で小さな閃光が弾けた。少し遅れて、ぼんっという破裂音が聞こえてくる。爆発とも呼べないほどの規模だが、雨の中でもはっきり見えるほど毒々しい黄色の煙が大量に噴出し、ムカデの頭を包み込む。怪物が突進を止め、「ジャッシャアア！」と苛立たしそうに吼える。

スモークグレネードらしきものを投げたのは、昆虫軍団の最後尾にいたムシ、ではなく人間だった。フーデッドマントをはためかせながら、猛烈なスピードで雨の中を駆け抜けてきた小柄なプレイヤーは、俺の目の前で急停止すると叫んだ。

「すまんキー坊！　エライことになっちまっタ！」

その特徴的な声を聞き間違えるはずがない。

「アルゴ⁉」

「アルゴさん⁉」

アスナと同時に呼びかけてから、俺は「おま、どう」と続けた。それが、「お前、どうして虫たちと一緒にいるんだよ」という意味だとテレパシーか何かで読み取ったらしいアルゴは、フードを払いのけながら答えた。

「説明はあとですっから！　いまは、あのデカイのを何とかしないト！」

「何とかって、どっか遠くにプルして逃げるしかないだろあんなの」

「それが無理なんダ、あいつどうしてもタゲを切れない。オイラたちここまで三十キロ近くもずっと追われてるんダ」

「三十キロ……⁉」

それは確かに尋常ではない。ラスナリオからスティス遺跡までとほぼ同じ距離を延々追いかけられたなら、走って振り切るのは不可能と判断すべきだ。

「アルゴさん、さっきの煙玉(けむりだま)をいっぱい投げてもダメなの!?」

アスナの意見に、アルゴは素早(すばや)くかぶりを振った。

「さっきので品切れダ。それにアレで一時的に動きを止めても、すぐにまた追いかけてくル。アイツは地形お構いなしだからラ、どっかで追いつかれちまうんダ」

「クッソでかい岩をブチ割ってたからなぁ……」

と追いついてきたクラインが言う。頷(うなず)いたアルゴが、珍(めずら)しく痛惜(つうせき)の念を隠(かく)さずに呻(うめ)く。

「本当にスマン。ここまでラスナリオに近付くつもりはなかったんだガ、森に入っちまったらもうこの谷しか逃げ場がなくテ……」

「いや、俺たちの知らないとこで死なれるよりずっといいよ」

そう返すと、俺は覚悟(かくご)を決めて宣言した。

「倒(たお)そう。とんでもない強敵なのは見ただけで解(わか)るけど、こっちも仲間が全員揃(そろ)ってるんだ。焦(あせ)らずにパターンを見極(みきわ)めながら攻(せ)めれば、犠牲(ぎせい)ゼロで倒(たお)すことだって不可能じゃないはずだ」

「それでこそです」

毅然(きぜん)とした声で言い切ったのはアリスだった。豪奢(ごうしゃ)な金髪(きんぱつ)に無数の水滴(すいてき)を宿らせた騎士(きし)は、右手のバスタードソードを百メートル先の巨影(きょえい)に向けた。

「あらゆる艱難(かんなん)から逃げられるわけではない。どれほど強力な敵であろうと、立ち向かわねばならない時もあります。ましてや、大切なものを守るためならば」

アリスの左右に並んだ仲間たちが、同時にぐっと頷いた。クロとアガー、ミーシャとピナまでもが短く声を上げる。

黄色い煙に巻かれていた人面ムカデが、再びこちらに動き始めた。それを視界の端で捉えつつ、俺はアルゴに確認した。

「細かいことは後で聞くけど、ともかくあの虫軍団は味方なんだよな？」

「そうダ。アメリカのシードゲー、《インセクサイト》のプレイヤーたちだヨ」

「インセクサイト……」

つまり、魔法で虫に変えられたのではなく最初からあの姿だということだ。言われてみれば、プレイヤーが虫になれるVRMMOの話を聞いたことがあるようなないような。だがまさか、ここまでリアルな姿だとは思わなかった。ほとんどの虫たちが直立状態で二足歩行や四足歩行しているが、人間らしいのはそこだけだ。そもそも六本も——クモ型なら八本もある脚をどうやって制御しているのだろう。

いや、考察はあとでいくらでもできる。いまは、この世界に強制コンバートされて以来最大の難敵との戦いに集中しなくては。

「アルゴ、あいつの攻撃パターンは？」

「いままでは物理だけダ。両手の鎌と尻尾の槍、体当たり、あとハラにある口で嚙みつき」

「となるとメインは鎌だろうな」

呟いた途端、またしても頭の芯がぴりっと痺れる。だが記憶を掘り返している暇はない。

「――俺とアリス、リズでタゲを取って鎌攻撃をガードする。他のみんなは側面から攻めてくれ。脚を一本ずつ切断していけば、いつかは動けなくなるはずだ」

「了解！」

仲間たちの頼もしい声を聞いてから、一人もどかしそうな顔をしているエギルに声を掛ける。

「エギル、壁役はもうちょいレベルが上がったら頼む。あと、いまの作戦を虫……じゃなくてインセクサイトのプレイヤーたちに通訳してくれ」

「解った」

頷いたエギルが、昆虫の戦士たちに早口の英語で語りかけた。俺も一時はアメリカの大学への留学を希望していたのだから喋れないわけではないのだが、いまはわずかな伝達ミスも避けたい。

エギルが話し終えると、ひときわ大柄なクワガタとカブトムシが進み出てきて口々にまくし立てた。

「We also fight in the front!」（俺たちも前で戦うぜ）

「Our skin is harder than your armor, huh!?」（こっちの外皮はお前の鎧より硬いぞ）

そう言われては拒否する理由もない。

「I'm counting on you!」（頼りにしてるぜ）

と返すと、二匹——ではなく二人は同時に右手のかぎ爪でサムズアップらしきことをした。

再び地面が激しく震える。人面ムカデが突進を開始したのだ。あの巨体と戦うなら、狭い谷の中ではなく開けた場所のほうがいい。谷の出口から、俺たちがいる森のとば口までの、縦横百メートルほどの草原が主戦場だ。

「Hyme, join our raid!」

エギルの奥さんであるハナカマキリにそう声を掛け、招待メッセージを飛ばすと、カマキリは右手の鎌の付け根にある指で素早くＯＫボタンを押した。

二十人ぶんのＨＰバーが、視界左端にずらっと追加される。全員ダメージを受けているが、ＨＰが半分を割り込んでいる者はいないし、ＴＰ、ＳＰにもまだ余裕がある。延々三十キロも逃げてきてこの程度の消耗で済んでいるのは、腕がいいのか運がいいのか——恐らくその両方だろう。

「Do you have recovery ways?」

「Sure thing!」

ハナカマキリ改めハイミーが仲間に呼びかけると、茶色の羽虫が進み出てきた。全体のフォルムはセミを思わせるが、頭部に異様な形のツノを伸ばしている。四本に枝分かれした先端が大きな球体になっているさまはある種のアンテナのようだ。

ツノゼミが「C'mon guys!」と呼びかけると、昆虫たちが瞬時に寄ってきてひとかたまりになる。直後、ツノの球体から白く光る液体がシャワー状に迸り、仲間たちに降りかかる。昆虫二十人のＨＰが急速に回復していく。頼もしい力だが、そうそう連発はできないだろう。

いっぽう俺たちも、アスナが開発した、ＨＰが徐々に回復するお茶入りの素焼き瓶——つまりポーションをそれぞれ二、三本ずつ持っているが、これも濫用はできない。まずは防御を優先しつつ、敵の攻撃パターンを完全に把握する。

「来るぞ！」

俺が日本語で叫んだ直後、人面ムカデがついに渓谷から草原へと飛び出してきた。

間近で見ると、想像を絶する巨体だ。縦長の頭部だけで五メートル、両腕の大鎌の刃渡りが三メートル、ムカデ部分は二十メートル超。ＡＬＯ、ヨツンヘイムの邪神級モンスターにも、ここまでの圧倒的スケール感を持つ個体はいなかった。

だが、先刻エギルにも言ったとおり、見かけの大小がそのまま強さを表すわけではないのがＶＲＭＭＯ世界だ。ザ・シード規格のゲームでは、アバターが大きいと筋力が上がりやすく、小さいと敏捷力が上がりやすいというような基本的ルールはあるものの、もし仲間の中で最も小柄なシリカのレベルが１００に到達していれば、人面ムカデとの単純な押し合いにすら勝つだろう。

もちろん、仲間たちの平均レベルはまだ13か14あたりだ。それでも完全な連携を実現できれば、たとえ相手が異形の巨大悪魔だろうと対抗することは可能。そう信じる。

「ジャッシュアアアアア！」

人面ムカデが、四方向に開くアゴを全開にして吼えた。

それに誘発されたかのように、天の黒雲から稲妻が立て続けに降り注ぎ、巨体を青白く照らした。

「……クロはアスナの指示で横から攻撃してくれ」

丸い頭を一撫でしながらそう指示すると、豹は少々不満そうながら「ぐる」と唸り、アガーの隣に移動した。アスナと短くアイコンタクトすると、俺は愛剣を強く握り直した。

「――――GO!!」

雄叫びとともに地面を蹴る。前面担当のアリス、リズベットに加えてカブトムシとクワガタも左右を走る。地面の草は深いが、雨で押し倒されているので危惧したほどは足を取られない。

頭頂高七メートルに及ぶ異形がみるみる近付く。

「ジャアッ！」

人面ムカデが、右手の大鎌をゆっくり後方へと引いた。これくらいモーションが大きければ、攻撃のタイミングを読むことは容易い。

「右から来るぞ！　ガード用意！」

俺とアリスが剣を、リズベットがメイスを、カブトがツノを、クワガタが大アゴを構える。

全長三メートルの鎌が、暴風めいた音を立てて動き始める。触れていないのに、地面の草が大量に引きちぎられて宙に舞う。

――大丈夫、止められる‼

半ば祈るように念じながら、俺は愛剣のグリップを強く握り、刀身に左腕を押し当てて防御姿勢を取った。

黒光りする鎌が眼前に迫る。体を前傾させてインパクトに備える。アリス、リズ、カブト、クワガタも同じ体勢を取る。

鎌が剣に触れた。

一瞬、自分のアバターが爆発したのかと思った。

経験はないが、現実世界で自転車をフルスピードで漕いでいて、大型トレーラーと正面衝突すればこんな感覚に襲われるのではないか。全身がバラバラになったかのような衝撃。世界がぐるぐる回転する。鎌に薙ぎ払われ、ひとたまりもなく吹き飛んだことに気付くのにすら半秒ほどかかった。

「キリトくん！」

俺を呼ぶ声が聞こえた直後、体が誰かに激突した。アスナが受け止めてくれたのだと直感的に悟る。

「っ……！」

耳許でアスナが息を詰める。懸命に踏み留まろうとしたようだが叶わず、俺と一緒に濡れた草に倒れ込んでしまう。

視界左上では、俺のＨＰが恐ろしい勢いで減少し続けている。満タンだったのが七割、六割、半分を下回り、四割少し手前でやっと止まる。

「……そんな……」

防御したのにたった一撃でＨＰを六割も奪われたという事実が信じられず、俺は掠れ声で呟いた。見下ろすと、右手に握ったままの剣はどうにか無事なようだが、胸当てと左腕の籠手が無残にひび割れている。周囲を見回すと、アリスとリズも草むらに突っ伏し、カブトとクワガタはひっくり返ってしまっている。全員、ダメージ量は似たり寄ったりだ。

視線を正面の人面ムカデに向ける。右手の大鎌を振り抜いた体勢のまま、こちらをあざ笑うかのように左右のアゴを開閉させている。

ダメージを受けたことで、人面ムカデの頭上に巨大なスピンドルカーソルが出現している。ＨＰバーは三段。その下に、アルファベットで固有名が表示されている。

【The Life Harvester】。命を収穫する者――。

その名を見た瞬間、俺はようやく、人面ムカデをどこかで見た気がする理由を悟った。

「キリトくん……あれ……」

アスナも震える声で囁く。俺と同時に思い出したのだろう。

あれは。

　あの人面ムカデ《ザ・ライフハーベスター》は、旧ＳＡＯ、アインクラッド七十五層で攻略組の精鋭を半壊させたフロアボス、《ザ・スカルリーパー》だ。肉と甲殻をまとっているか、骨が剝き出しかの違いはあれど、形状も行動パターンも……そして凄まじいまでの攻撃力も、まったく同じ。

　だが、なぜ。どうして旧ＳＡＯのフロアボスが、ユナイタル・リング世界に。

　頭が真っ白になり、身動きもできない俺の視線の彼方で、異形の悪魔が二本の大鎌を高々と振りかざした。上空の暗雲を紫雷が這い回り、凶悪なシルエットを黒々と描き出した。

（続く）

あとがき

ソードアート・オンライン24『ユナイタル・リングⅢ』をお読みくださりありがとうございます。

前巻が気になるところで引いてしまったので、今巻は連続刊行でなるべく早くお届けしたい……と思っていたのですが、結局五ヶ月お待たせしてしまいました。そして今回もすごい引きに……（汗）。つ、次も早めに出せるよう頑張ります！

【以下、本編の内容に触れておりますのでご注意ください】

ユナイタル・リング編も三冊目ということで、やっとお話が動いてきたという感があります。アルゴの本格参戦、やばやば魔女ムタシーナ登場、スカルリーパーさん受肉して復活、と色々トピックがあるのですが、やはり気になるのはアンダーワールドパートで出てきたエオライン団長ですよね。

彼はアリシゼーション編の完結後に続編のプロットを構想していた段階から登場が決まっていたキャラクターです。怪しげなマスクを着けていたり、豪華なセダンのリアシートに座っていたりというディティールは予定どおりなんですが、いざ出てきてみると、役割が当初の想定とは変わってくるかもな……という予感がありました。何がどう変わるのかはここではまだ書けませんが、物語自身が選ぶ未来を見届けるつもりで続きを書いていきたいと思っています。
それにしても、二百年後のアンダーワールドを書くのは想像以上に大変……というかつらい仕事でした。キリトが愛した、私も大好きなキャラクターたちがこの世界にはもう誰もいないのだ、と考えるたびに筆が止まってしまって……。ただ、そこにもきっとささやかな希望はあるはずです。次巻ではたっぷりアンダーワールド編を書くつもりですので、どうぞご期待くださいませ！

この本が刊行される頃には、アニメ版アリシゼーション第四クールの放送が始まっているはずだったのですが、新型コロナウイルス感染拡大の影響を受けて延期となってしまいました。全力で制作にあたってくださっていたスタッフさんたち、また放送を楽しみにしてくださっていた読者視聴者の皆さんのことを考えると胸塞がる思いですが、劇中で苦しい戦いを続けているキリトやアスナたちと同じく、艱難を超えた先に明るい光のあることを信じていましばしお待ちいただければと思います。

ａｂｅｃさん（画集第二弾発売おめでとうございます！）、三木さん、安達さん、今回もぎりぎり進行でご迷惑おかけしました！　それではまた次巻でお会いしましょう！

二〇二〇年三月某日　川原　礫

◉川原　礫著作リスト

「アクセル・ワールド1〜24」（電撃文庫）
「ソードアート・オンライン1〜24」（同）
「ソードアート・オンライン　プログレッシブ1〜6」（同）
「絶対ナル孤独者（アイソレータ）1〜5」（同）

本書に対するご意見、ご感想をお寄せください。

ファンレターあて先
〒 102-8177　東京都千代田区富士見 2-13-3
電撃文庫編集部
「川原 礫先生」係
「abec先生」係

本書は書き下ろしです。

電撃文庫

ソードアート・オンライン24

ユナイタル・リングIII

川原 礫（かわはら れき）

◆◇◇

2020年5月9日　初版発行
2024年10月5日　8版発行

発行者　山下直久
発行　株式会社KADOKAWA
〒102-8177　東京都千代田区富士見2-13-3
0570-002-301（ナビダイヤル）
装丁者　荻窪裕司（META＋MANIERA）
印刷　株式会社KADOKAWA
製本　株式会社KADOKAWA

ISBN978-4-04-913155-0　C0193　Printed in Japan

電撃文庫　https://dengekibunko.jp/

電撃文庫創刊に際して

文庫は、我が国にとどまらず、世界の書籍の流れのなかで〝小さな巨人〟としての地位を築いてきた。古今東西の名著を、廉価で手に入りやすい形で提供してきたからこそ、人は文庫を自分の師として、また青春の想い出として、語りついできたのである。

その源を、文化的にはドイツのレクラム文庫に求めるにせよ、規模の上でイギリスのペンギンブックスに求めるにせよ、いま文庫は知識人の層の多様化に従って、ますますその意義を大きくしていると言ってよい。

文庫出版の意味するものは、激動の現代のみならず将来にわたって、大きくなることはあっても、小さくなることはないだろう。

「電撃文庫」は、そのように多様化した対象に応え、歴史に耐えうる作品を収録するのはもちろん、新しい世紀を迎えるにあたって、既成の枠をこえる新鮮で強烈なアイ・オープナーたりたい。

その特異さ故に、この存在は、かつて文庫がはじめて出版世界に登場したときと、同じ戸惑いを読書人に与えるかもしれない。

しかし、〈Changing Times,Changing Publishing〉時代は変わって、出版も変わる。時を重ねるなかで、精神の糧として、心の一隅を占めるものとして、次なる文化の担い手の若者たちに確かな評価を得られると信じて、ここに「電撃文庫」を出版する。

1993年6月10日
角川歴彦

電撃文庫DIGEST　5月の新刊

発売日2020年5月9日

ソードアート・オンライン24
ユナイタル・リングIII

【著】川原 礫　【イラスト】abec

二百年後の《アンダーワールド》へ舞い戻ったキリトを待っていたのは、運命の邂逅だった。「これが《星王》を名乗る男の心意か」《整合機士団》団長を名乗るその男は、かつてキリトが失った《彼》と同じ目をしていて――。

86―エイティシックス―Ep.8
―ガンスモーク・オン・ザ・ウォーター―

【著】安里アサト　【イラスト】しらび
【メカニックデザイン】I-IV

終戦。終わりなき戦争に、ふいに見えかけた終わり。もし、戦いがなくなったとき、自分たちは何者になればよいのか――。戦士たちに生まれたその一瞬の迷いが、悲劇という名の魔物を引き寄せる。

新説　狼と香辛料
狼と羊皮紙V

【著】支倉凍砂　【イラスト】文倉 十

絆を形にした二人だけの紋章を作るため、コルとミューリは歴史に詳しい黄金羊ハスキンズを訪ねることに。 その道中、行き倒れの少年騎士に出くわすが、彼は"薄明の枢機卿"であるコルを目の敵にしていて!?

三角の距離は限りないゼロ5

【著】岬 鷺宮　【イラスト】Hiten

「秋玻」と「春珂」。どちらへの想いも選べない僕に、彼女たちは「取引」を申し出る。二人と過ごす甘い日々がいっとき痛みを忘れさせても、終わりはいつかやってくる……今一番愛しく切ない、三角関係恋物語。

リベリオ・マキナ4
―《白檀式改》紫陽花の永遠性―

【著】ミサキナギ　【イラスト】れい亜

水無月、桜花、全てを失ったその夜。リタの導きで、カノンは密かにイエッセルを脱出。アルプスの山村で二人が合流したのは、吸血鬼王・ローゼンベルクだった。そこでカノンは、吸血鬼たちから驚愕の提案を受け――。

吸血鬼に天国はない③

【著】周藤 蓮　【イラスト】ニリツ

恋人として結ばれたルーミーとシーモア。運び屋の仕事を正式に会社として立ち上げて、日々の苦労の中でも幸福を享受していた二人。だが監獄から『死神』が抜け出したというニュースとともに、彼らの平穏に影が走る。

ぽけっと・えーす!②

【著】蒼山サグ　【イラスト】てぃんくる

ポーカー全国大会に向け、パワーアップを目指すお嬢様たちとドキドキ(=即逮捕の)沖縄合宿を決行。そして、大事なスタメンを巡る選抜は――なぜか小学生たちの脱ぎたて"利きパンツ対決"に発展して!?

新作　楽園ノイズ

【著】杉井 光　【イラスト】春夏冬ゆう

女装した演奏動画がネットで話題となっていたら、学校の音楽教師に正体がバレてしまい!?　口止めとしてこき使われるうちに、先生を通じ個性的な三人の少女と出会い、僕の無味無臭だった高校生活が彩られていく――

新作　日和ちゃんのお願いは絶対

【著】岬 鷺宮　【イラスト】堀泉インコ

「わたしのお願いは、絶対なの」どんな「お願い」でも叶えられる葉群日和。始まるはずじゃなかった彼女との恋は、俺の人生を、世界すべてを、決定的に変えていく――終われないセカイの、もしかして、終わりの恋物語。

新作　魔力を統べる、破壊の王と全能少女
～魔術を扱えないハズレ特性の俺は無刀流で無双する～

【著】手水鉢直樹　【イラスト】あるみっく

一度も魔術を使用したことがない学園の落ちこぼれ、天神円四郎。彼は何でも破壊する特異体質を研究対象に差し出すことで退学を免れていた。そんなある日、あらゆる魔術を扱える少女が空から降ってきて――!?

新作　アンフィニシュトの書
悲劇の物語に幸せの結末を

【著】浅白深也　【イラスト】日下コウ

ごく平凡な高校生・輝馬が『"主人公"　募集』の文言につられて応募したアルバイト。謎の美女が主を務める館で行われるそれは、主人公として本の中に赴き、その物語をハッピーエンドへ導く仕事だった――。

新作　僕をこっぴどく嫌うS級美少女はゲーム世界で僕の信者

【著】相原あきら　【イラスト】小林ちさと

神部真澄――将来、官房長官になる男。不登校のクラスメイト・音琴美加を説得するため、ゲームにログインしたんだが……。どうやら勝手に使った従妹のアカウントは人気の実況者らしく、しかも彼女は熱狂的信者だった!?

暴虐の魔王、転生した未来世界で
魔王の適性皆無と判断される!?
魔王学院の不適合者
MAOH GAKUIN NO FUTEKIGOUSHA
～史上最強の魔王の始祖、転生して子孫たちの学校へ通う～
著†秋
illustration†しずまよしのり